COLLECTIO

Jules Supervielle

L'enfant de la haute mer

Gallimard

L'enfant
de la haute mer

Comment s'était formée cette rue flottante? Quels marins, avec l'aide de quels architectes, l'avaient construite dans le haut Atlantique à la surface de la mer, au-dessus d'un gouffre de six mille mètres? Cette longue rue aux maisons de briques rouges si décolorées qu'elles prenaient une teinte gris-de-France, ces toits d'ardoise, de tuile, ces humbles boutiques immuables? Et ce clocher très ajouré? Et ceci qui ne contenait que de l'eau marine et voulait sans doute être un jardin clos de murs, garnis de tessons de bouteilles, par-dessus lesquels sautait parfois un poisson?

Comment cela tenait-il debout sans même être ballotté par les vagues?

Et cette enfant de douze ans si seule qui passait en sabots d'un pas sûr dans la rue liquide, comme si elle marchait sur la terre ferme? Comment se faisait-il...?

Nous dirons les choses au fur et à mesure que nous les verrons et que nous saurons. Et ce qui doit rester obscur le sera malgré nous.

A l'approche d'un navire, avant même qu'il fût perceptible à l'horizon, l'enfant était prise d'un grand sommeil, et le village disparaissait, complètement sous les flots. Et c'est ainsi que nul marin, même au bout d'une longue-vue, n'avait jamais aperçu le village ni même soupçonné son existence.

L'enfant se croyait la seule petite fille au monde. Savait-elle seulement qu'elle était une petite fille?

Elle n'était pas très jolie à cause de ses dents un peu écartées, de son nez un peu trop retroussé, mais elle avait la peau très blanche avec quelques taches de douceur, je veux dire de rousseur. Et sa petite personne commandée par des yeux gris, modestes mais très lumineux, vous faisait passer dans le corps, jus-qu'à l'âme, une grande surprise qui arri-vait du fond des temps.

Dans la rue, la seule de cette petite ville, l'enfant regardait parfois à droite et à gauche comme si elle eût attendu de quelqu'un un léger salut de la main ou de la tête, un signe amical. Simple impres-sion qu'elle donnait, sans le savoir, puisque rien ne pouvait venir, ni per-sonne, dans ce village perdu et toujours prêt à s'évanouir.

De quoi vivait-elle? De la pêche? Nous ne le pensons pas. Elle trouvait des aliments dans l'armoire et le garde-manger de la cuisine, et même de la viande tous les deux ou trois jours. Il y avait aussi pour elle des pommes de terre, quelques autres légumes, des œufs de temps en temps.

Les provisions naissaient spontané-ment dans les armoires. Et quand l'en-fant prenait de la confiture dans un pot, il n'en demeurait pas moins inen-tamé, comme si les choses avaient été

ainsi un jour et qu'elles dussent en rester
là éternellement.

Le matin, une demi-livre de pain frais,
enveloppé dans du papier, attendait l'enfant sur le comptoir de marbre de la
boulangerie, derrière lequel elle n'avait
jamais vu personne, même pas une main,
ni un doigt, poussant le pain vers elle.

Elle était debout de bonne heure,
levait le rideau de métal des boutiques
(ici on lisait : Estaminet et là : Forgeron
ou Boulangerie Moderne, Mercerie), ouvrait les volets de toutes les maisons,
les accrochait avec soin à cause du vent
marin et, suivant le temps, laissait ou
non les fenêtres fermées. Dans quelques
cuisines elle allumait du feu afin que la
fumée s'élevât de trois ou quatre toits.

Une heure avant le coucher du soleil
elle commençait à fermer les volets avec
simplicité. Et elle abaissait les rideaux
de tôle ondulée.

L'enfant s'acquittait de ces tâches,
mue par quelque instinct, par une inspi-
ration quotidienne qui la forçait à veiller
à tout. Dans la belle saison, elle laissait

un tapis à une fenêtre ou du linge à sécher, comme s'il fallait à tout prix que le village eût l'air habité, et le plus ressemblant possible.

Et toute l'année, elle devait prendre soin du drapeau de la mairie, si exposé.

La nuit, elle s'éclairait de bougies, ou cousait à la lumière de la lampe. On trouvait aussi l'électricité dans plusieurs maisons de la ville, et l'enfant tournait les commutateurs avec grâce et naturel.

Une fois elle fit, au heurtoir d'une porte, un nœud de crêpe noir. Elle trouvait que cela faisait bien.

Et cela resta là deux jours, puis elle le cacha.

Une autre fois, la voilà qui se met à battre du tambour, le tambour du village, comme pour annoncer quelque nouvelle. Et elle avait une violente envie de crier quelque chose qu'on eût entendu d'un bout à l'autre de la mer, mais sa gorge se serrait, nul son n'en sortait. Elle fit un effort si tragique que son visage et son cou en devinrent presque noirs, comme ceux des noyés.

Puis il fallut ranger le tambour à sa
place habituelle, dans le coin gauche,
au fond de la grande salle de la mairie.

L'enfant accédait au clocher par un
escalier en colimaçon aux marches usées
par des milliers de pieds jamais vus. Le
clocher qui devait bien avoir cinq cents
marches, pensait l'enfant (il en avait
quatre-vingt-douze), laissait voir le ciel
le plus qu'il pouvait entre ses briques
jaunes. Et il fallait contenter l'horloge
à poids en la remontant à la manivelle
pour qu'elle sonnât vraiment les heures,
jour et nuit.

La crypte, les autels, les saints de
pierre donnant des ordres tacites, toutes
ces chaises à peine chuchotantes qui
attendaient, bien alignées, des êtres de
tous les âges, ces autels dont l'or avait
vieilli et désirait vieillir encore, tout cela
attirait et éloignait l'enfant qui n'en-
trait jamais dans la haute maison, se
contentant d'entrouvrir parfois la porte
capitonnée, aux heures de désœuvre-
ment, pour jeter un regard rapide à
l'intérieur, en retenant son souffle.

Dans une malle de sa chambre se trouvaient des papiers de famille, quelques cartes postales de Dakar, Rio de Janeiro, Hong-Kong, signées : Charles ou C. Liévens, et adressées à Steenvoorde (Nord). L'enfant de la haute mer ignorait ce qu'étaient ces pays lointains et ce Charles et ce Steenvoorde.

Elle conservait aussi, dans une armoire, un album de photographies. L'une d'elles représentait une enfant qui ressemblait beaucoup à la fillette de l'Océan, et souvent celle-ci la contemplait avec humilité : c'était toujours l'image qui lui paraissait avoir raison, être dans le vrai; elle tenait un cerceau à la main. L'enfant en avait cherché un pareil dans toutes les maisons du village. Et un jour elle pensa avoir trouvé : c'était un cercle de fer d'un tonneau, mais à peine eut-elle essayé de courir avec lui dans la rue marine que le cerceau gagna le large.

Dans une autre photographie, la petite fille se montrait entre un homme revêtu d'un costume de matelot et une femme

osseuse et endimanchée. L'enfant de
la haute mer, qui n'avait jamais vu
d'homme ni de femme, s'était longtemps
demandé ce que voulaient ces gens, et
même au plus fort de la nuit, quand la
lucidité vous arrive parfois tout d'un
coup, avec la violence de la foudre.

Tous les matins elle allait à l'école
communale avec un grand cartable enfermant des cahiers, une grammaire, une
arithmétique, une histoire de France,
une géographie.

Elle avait aussi de Gaston Bonnier,
membre de l'Institut, professeur à la
Sorbonne, et Georges de Layens, lau-
réat de l'Académie des Sciences, une
petite flore contenant les plantes les
plus communes, ainsi que les plantes
utiles et nuisibles avec huit cent quatre-
vingt-dix-huit figures.

Elle lisait la préface :

« Pendant toute la belle saison, rien
n'est plus aisé que de se procurer, en
grande quantité, les plantes des champs
et des bois. »

Et l'histoire, la géographie, les pays,

les grands hommes, les montagnes, les fleuves et les frontières, comment s'expliquer tout cela pour qui n'a que la rue vide d'une petite ville, au plus solitaire de l'Océan. Mais l'Océan même, celui qu'elle voyait sur les cartes, elle ne savait pas se trouver dessus, bien qu'elle l'eût pensé un jour, une seconde. Mais elle avait chassé l'idée comme folle et dangereuse.

Par moments, elle écoutait avec une soumission absolue, écrivait quelques mots, écoutait encore, se remettait à écrire, comme sous la dictée d'une invisible maîtresse. Puis l'enfant ouvrait une grammaire et restait longuement penchée, retenant son souffle, sur la page 60 et l'exercice CLXVIII, qu'elle affectionnait. La grammaire semblait y prendre la parole pour s'adresser directement à la fillette de la haute mer :

— Êtes-vous? — pensez-vous? — parlez-vous? — voulez-vous? — faut-il s'adresser?

— se passe-t-il? — accuse-t-on? — êtes-vous
capable? — êtes-vous coupable? — est-il
question? — tenez-vous ce cadeau? eh!
— vous plaignez-vous?

(Remplacez les tirets par le pronom inter-
rogatif convenable, avec ou sans préposi-
tion.)

E ocrit

Parfois l'enfant éprouvait un désir
très insistant d'écrire certaines phrases.
Et elle le faisait avec une grande appli-
cation.

En voici quelques-unes, entre beaucoup d'autres :

— Partageons ceci, voulez-vous?

— Écoutez-moi bien. Asseyez-vous, ne
bougez pas, je vous en supplie!

— Si j'avais seulement un peu de
neige des hautes montagnes la journée
passerait plus vite.

— Écume, écume autour de moi, ne
finiras-tu pas par devenir quelque chose
de dur?

— Pour faire une ronde il faut au
moins être trois.

— C'étaient deux ombres sans tête

qui s'en allaient sur la route poussié-
reuse.

— La nuit, le jour, le jour, la nuit, les
nuages et les poissons volants.

— J'ai cru entendre un bruit, mais
c'était le bruit de la mer.

Ou bien elle écrivait une lettre où elle
donnait des nouvelles de sa petite ville
et d'elle-même. Cela ne s'adressait à
personne et elle n'embrassait personne
en la terminant et sur l'enveloppe il n'y
avait pas de nom.

Et la lettre finie, elle la jetait à la mer
— non pour s'en débarrasser, mais parce
que cela devait être ainsi — et peut-être
à la façon des navigateurs en perdition
qui livrent aux flots leur dernier message
dans une bouteille désespérée.

Le temps ne passait pas sur la ville
flottante : l'enfant avait toujours douze
ans. Et c'est en vain qu'elle bombait
son petit torse devant l'armoire à glace
de sa chambre. Un jour, lasse de ressembler avec ses nattes et son front très
dégagé à la photographie qu'elle gardait
dans son album, elle s'irrita contre elle-

même et son portrait, et répandit violemment ses cheveux sur ses épaules espérant que son âge en serait bouleversé. Peut-être même la mer, tout autour, en subirait-elle quelque changement et verrait-elle en sortir de grandes chèvres à la barbe écumante qui s'approcheraient pour voir.

Mais l'Océan demeurait vide et elle ne recevait d'autres visites que celles des étoiles filantes.

Un autre jour il y eut comme une distraction du destin, une fêlure dans sa volonté. Un vrai petit cargo tout fumant, têtu comme un bull-dog et tenant bien la mer quoiqu'il fût peu chargé (une belle bande rouge éclatait au soleil sous la ligne de flottaison), un cargo passa dans la rue marine du village sans que les maisons disparussent sous les flots ni que la fillette fût prise de sommeil.

Il était midi juste. Le cargo fit entendre sa sirène, mais cette voix ne se mêla pas à celle du clocher. Chacune gardait son indépendance.

L'enfant, percevant pour la première fois un bruit qui lui venait des hommes, se précipita à la fenêtre et cria de toutes ses forces :

« Au secours! »

Et elle lança son tablier d'écolière dans la direction du navire.

L'homme de barre ne tourna même pas la tête. Et un matelot, qui faisait sortir de la fumée de sa bouche, passa sur le pont comme si de rien n'était. Les autres continuèrent de laver leur linge, tandis que, de chaque côté de l'étrave, des dauphins s'écartaient pour céder la place au cargo qui se hâtait.

La fillette descendit très vite dans la rue, se coucha sur les traces du navire et embrassa si longuement son sillage que celui-ci n'était plus, quand elle se releva, qu'un bout de mer sans mémoire, et vierge. En rentrant à la maison, l'enfant fut stupéfaite d'avoir crié : « Au secours! » Elle comprit alors seulement le sens profond de ces mots. Et ce sens l'effraya. Les hommes n'entendaient-ils pas sa voix? Ou ils étaient sourds et

aveugles, ces marins? Ou plus cruels
que les profondeurs de la mer?

Alors une vague vint la chercher qui
s'était toujours tenue à quelques distance du village, dans une visible réserve.
C'était une vague énorme et qui se
répandait beaucoup plus loin que les
autres, de chaque côté d'elle-même.
Dans le haut, elle portait deux yeux
d'écume parfaitement imités. On eût
dit qu'elle comprenait certaines choses
et ne les approuvait pas toutes. Bien
qu'elle se formât et se défît des cen-
taines de fois par jour, jamais elle n'oubliait de se munir, à la même place,
de ces deux yeux bien constitués. Parfois, quand quelque chose l'intéressait,
on pouvait la surprendre qui restait
près d'une minute la crête en l'air,
oubliant sa qualité de vague, et qu'il
lui fallait se recommencer toutes les
sept secondes.

Il y avait longtemps que cette vague
aurait voulu faire quelque chose pour
l'enfant, mais elle ne savait quoi. Elle
vit s'éloigner le cargo et comprit l'an-

goisse de celle qui restait. N'y tenant plus, elle l'emmena non loin de là, sans mot dire, et comme par la main.

Après s'être agenouillée devant elle à la manière des vagues, et avec le plus grand respect, elle l'enroula au fond d'elle-même, la garda un très long moment en tâchant de la confisquer, avec la collaboration de la mort. Et la fillette s'empêchait de respirer pour seconder la vague dans son grave projet.

N'arrivant pas à ses fins, elle la lança en l'air jusqu'à ce que l'enfant ne fût pas plus grosse qu'une hirondelle marine, la prit et la reprit comme une balle, et elle retombait parmi des flocons aussi gros que des œufs d'autruche.

Enfin, voyant que rien n'y faisait, qu'elle ne parviendrait pas à lui donner la mort, la vague ramena l'enfant chez elle dans un immense murmure de larmes et d'excuses.

Et la fillette qui n'avait pas une égratignure dut recommencer d'ouvrir et de fermer les volets sans espoir, et de disparaître momentanément dans la mer

dès que le mât d'un navire pointait à
l'horizon.

Marins qui rêvez en haute mer, les
coudes appuyés sur la lisse, craignez de
penser longtemps dans le noir de la nuit
à un visage aimé. Vous risqueriez de
donner naissance, dans des lieux essen-
tiellement désertiques, à un être doué
de toute la sensibilité humaine et qui
ne peut pas vivre ni mourir, ni aimer,
et souffre pourtant comme s'il vivait,
aimait et se trouvait toujours sur le
point de mourir, un être infiniment
déshérité dans les solitudes aquatiques,
comme cette enfant de l'Océan, née un
jour du cerveau de Charles Liévens, de
Steenvoorde, matelot de pont du quatre-
mâts *Le Hardi*, qui avait perdu sa fille
âgée de douze ans, pendant un de ses
voyages et, une nuit, par 55 degrés de
latitude Nord et 35 de longitude Ouest,
pensa longuement à elle, avec une force
terrible, pour le grand malheur de cette
enfant.

Le bœuf
et l'âne de la crèche

Sur la route de Bethléem, l'âne conduit par Joseph portait la Vierge : elle pesait peu, n'étant occupée que de l'avenir en elle.

Le bœuf suivait, tout seul.

Arrivés en ville, les voyageurs pénétrèrent dans une étable abandonnée et Joseph se mit aussitôt au travail.

« Ces hommes, songeait le bœuf, sont tout de même étonnants. Voyez ce qu'ils parviennent à faire de leurs mains et de leurs bras. Cela vaut certes mieux que nos sabots et nos paturons. Et notre maître n'a pas son pareil pour bricoler et arranger les choses, redresser le tordu et tordre le droit, faire ce qu'il faut sans regret ni mélancolie. »

Joseph sort et ne tarde pas à revenir, portant sur le dos de la paille, mais quelle paille, si vivace et ensoleillée qu'elle est un commencement de miracle.

« Que prépare-t-on là? se dit l'âne. On dirait qu'ils font un petit lit d'enfant. »

— On aura peut-être besoin de vous cette nuit, dit la Vierge au bœuf et à l'âne.

Les bêtes se regardent longuement pour tâcher de comprendre, puis se couchent.

Une voix légère mais qui vient de traverser tout le ciel les réveille bientôt.

Le bœuf se lève, constate qu'il y a dans la crèche un enfant nu qui dort et, de son souffle, le réchauffe avec méthode, sans rien oublier.

D'un souriant regard, la Vierge le remercie.

Des êtres ailés entrent et sortent feignant de ne pas voir les murs qu'ils traversent avec tant d'aisance.

Joseph revient avec des langes prêtés par une voisine.

— C'est merveilleux, dit-il, de sa voix

de charpentier, un peu forte en la cir-
constance. Il est minuit, et c'est le jour.
Et il y a trois soleils au lieu d'un. Mais
ils cherchent à se joindre.

A l'aube, le bœuf se lève, pose ses
sabots avec précaution, craignant de
réveiller l'enfant, d'écraser une fleur
céleste, ou de faire du mal à un ange.
Comme tout est devenu merveilleuse-
ment difficile!

Des voisins viennent voir Jésus et la
Vierge. Ce sont de pauvres gens qui
n'ont à offrir que leur visage radieux.
Puis il en vient d'autres qui apportent
des noix, un flageolet.

Le bœuf et l'âne s'écartent un peu
pour leur livrer passage et se demandent
quelle impression ils vont faire eux-
mêmes à l'enfant qui ne les a pas encore
vus. Il vient de se réveiller.

— Nous ne sommes pas des monstres,
dit l'âne.

— Mais, tu comprends, avec notre
figure qui n'est pas du tout comme la
sienne, ni comme celle de ses parents,
nous pourrions l'épouvanter.

— La crèche, l'étable, et son toit avec les poutres, n'ont pas non plus sa figure et pourtant il ne s'en est pas effrayé.

Mais le bœuf n'était pas convaincu. Il pensait à ses cornes et ruminait :

« C'est vraiment très pénible de ne pouvoir s'approcher de ceux qu'on aime le mieux sans avoir l'air menaçant. Il faut toujours que je fasse attention pour ne pas blesser quelqu'un; et pourtant ce n'est pas dans ma nature de m'en prendre, sans raison grave, aux personnes ni aux choses. Je ne suis pas un malfaisant ni un venimeux. Mais partout où je vais me voilà tout de suite avec mes cornes et je me réveille avec elles, et même quand je suis accablé de sommeil et que je m'en vais en brouillard, les deux pointues, les deux dures sont là qui ne m'oublient pas. Et je les sens au bout de mes rêves au milieu de la nuit. »

Une grande peur saisissait le bœuf à la pensée qu'il s'était tant approché de l'enfant pour le réchauffer. Et s'il lui avait donné par mégarde un coup de corne!

— Tu ne dois pas trop t'approcher du petit, dit l'âne, qui avait deviné la pensée de son compagnon. Il ne faut même pas y songer, tu le blesserais. Et puis tu pourrais laisser tomber sur lui un peu de ta bave que tu retiens mal et ce ne serait pas propre. Au reste, pourquoi baves-tu ainsi lorsque tu es heureux? Garde ça pour toi. Tu n'as pas besoin de le montrer à tout le monde.

— (Silence du bœuf).

— Mais moi je vais lui offrir mes deux oreilles. Tu comprends, ça remue, ça va dans tous les sens, ça n'a pas d'os, c'est doux au toucher. Ça fait peur et ça rassure tout à la fois. C'est juste ce qu'il faut pour amuser un enfant, et c'est instructif à son âge.

— Oui, je comprends, je n'ai jamais dit le contraire. Je ne suis pas stupide.

Mais comme l'âne avait l'air vraiment trop content, le bœuf ajouta :

— Mais ne va pas te mettre à lui braire dans la figure. Tu le tuerais.

— Paysan! dit l'âne.

L'âne se tient à gauche de la crèche,
le bœuf à droite, places qu'ils occupaient
au moment de la Nativité et que le bœuf,
ami d'un certain protocole, affectionne
particulièrement. Immobiles et déférents
ils restent là durant des heures, comme
s'ils posaient pour quelque peintre invisible.

L'enfant baisse les paupières. Il a hâte
de se rendormir. Un ange lumineux l'at-
tend, à quelques pas derrière le sommeil,
pour lui apprendre ou peut-être pour lui
demander quelque chose.

L'ange sort tout vif du rêve de Jésus
et apparaît dans l'étable. Après s'être
incliné devant celui qui vient de naître,
il peint un nimbe très pur autour de
sa tête. Et un autre pour la Vierge,
et un troisième pour Joseph. Puis il
s'éloigne dans un éblouissement d'ailes
et de plumes, dont la blancheur toujours
renouvelée et bruissante ressemble à
celle des marées.

— Il n'y a pas eu de nimbe pour nous,

— C'est beaucoup plus délicat, dit le bœuf. C'est comme une lumière, une vapeur dorée qui se dégage du petit corps.

— Oui, mais tu dis ça pour faire croire que tu l'avais vue.

— Je ne l'avais pas vue?

Le bœuf entraîne l'âne dans un coin de l'étable où le ruminant a disposé, en signe d'adoration, une branchette délicatement entourée de brins de paille qui figurent fort bien les irradiations de la chair divine. C'est la première chapelle. Cette paille, le bœuf l'avait apportée du dehors. Il n'osait toucher à celle de la crèche : comme elle était bonne à manger il en avait une crainte superstitieuse.

Le bœuf et l'âne sont allés brouter jusqu'à la nuit. Alors que les pierres mettent d'habitude si longtemps à comprendre, il y en avait déjà beaucoup dans les champs qui savaient. Ils rencontrèrent même un caillou qui, à un léger changement de couleur et de forme, les avertit qu'il était au courant.

Il y avait aussi des fleurs des champs qui savaient et devaient être épargnées. C'était tout un travail de brouter dans la campagne sans commettre de sacrilège. Et manger sans commettre de sacrilège. Et manger semblait au bœuf de plus en plus inutile. Le bonheur le rassasiait.

Avant de boire aussi, il se demandait :

« Et cette eau, sait-elle? »

Dans le doute il préférait ne pas en boire et s'en allait un peu plus loin vers une eau bourbeuse qui manifestement ignorait tout encore.

Et parfois rien ne le renseignait sinon une douceur infinie dans sa gorge au moment où il avalait l'eau.

« Trop tard, pensait le bœuf, je n'aurais pas dû en boire. »

Il osait à peine respirer, l'air lui semblait quelque chose de sacré et de bien au courant. Il craignait d'aspirer un ange.

Le bœuf était honteux de ne pas se
sentir toujours aussi propre qu'il l'eût
voulu :

« Eh bien, il faudra être plus propre
qu'avant. Voilà tout. Il n'y a qu'à faire
attention. Prendre garde où je mets mes
pieds. »

L'âne était à son aise.

Le soleil entra dans l'étable et les
deux bêtes se disputèrent l'honneur de
faire de l'ombre à l'enfant.

« Un peu de soleil, cela ne ferait peut-
être pas de mal non plus, pensait le
bœuf, mais l'âne va encore déclarer que
je n'y entends rien. »

L'enfant continuait de dormir et parfois, dans son sommeil, il réfléchissait et
fronçait les sourcils.

Un jour, du museau, l'âne tourna délicatement le petit de son côté, pendant
que la Vierge répondait sur le pas de la
porte aux mille questions posées par de
futurs chrétiens.

Et Marie, revenant auprès de son fils,
eut grand-peur : elle s'obstinait à cher-

cher le visage de l'enfant où elle l'avait laissé.

Comprenant ce qui venait d'arriver, elle fit entendre à l'âne qu'il convenait de ne pas toucher à l'enfant. Le bœuf approuva par un silence d'une qualité exceptionnelle. Il savait donner à son mutisme un rythme, des nuances, une ponctuation. Par les jours froids, on pouvait aisément suivre les mouvements de sa pensée à la longueur de la colonne de vapeur qui s'échappait de ses naseaux. Et se rendre compte de bien des choses.

Le bœuf ne se croyait autorisé à rendre à l'enfant que des services indirects, en attirant à lui les mouches de l'étable, (tous les matins il allait se frotter le dos contre une ruche sauvage), ou bien en écrasant des insectes contre le mur.

L'âne épiait les bruits du dehors et quand quelque chose lui paraissait suspect il barrait l'entrée. Aussitôt le bœuf se mettait derrière lui pour faire masse. Ils se faisaient tous deux aussi lourds que possible : tant que durait le danger, leur

tête et leur ventre s'emplissaient de
plomb et de granit. Mais leurs yeux
brillaient, plus vigilants que jamais.

Le bœuf était stupéfait de voir que la
Vierge, s'approchant de la crèche, avait
le don de faire sourire l'enfant. Joseph,
malgré sa barbe, y parvenait sans trop
de peine, soit par sa seule présence, soit
qu'il jouât du flageolet. Le bœuf eût
voulu aussi jouer quelque chose. Somme
toute, il n'y avait qu'à souffler.

« Je ne veux pas dire du mal du patron, mais je ne pense pas qu'il aurait
pu, de son souffle, réchauffer l'Enfant
Jésus. Et pour ce qui est de la flûte, il
suffirait que je me trouve seul avec le
petit : dans ce cas il ne m'intimide plus.
Il redevient un être qui a besoin de protection. Et un bœuf a tout de même le
sentiment de sa force. »

Quand ils paissaient ensemble dans les
champs, il arrivait souvent au bœuf de
quitter l'âne :

— Où vas-tu ainsi ?

— Je reviens tout de suite.

— Où vas-tu ainsi? insistait l'âne.

— Je vais voir s'il n'a besoin de rien.
On ne sait jamais.

— Mais laisse-le donc tranquille!

Le bœuf partait. Il y avait à l'étable
une espèce de lucarne — ce qu'on devait
nommer plus tard, pour cette raison
même, un œil-de-bœuf — par où le bovin
regardait du dehors.

Un jour, le bœuf remarqua que Marie
et Joseph s'étaient absentés. Il trouva le
flageolet sur un banc, à portée de son
museau, et ni trop loin ni trop près de
l'Enfant.

« Qu'est-ce que je vais pouvoir lui
jouer? se dit le bœuf qui n'osait aller
jusqu'à l'oreille de Jésus que grâce à cet
intermédiaire musical. Une chanson de
labour? le chant guerrier du petit taureau courageux ou la génisse enchan-
tée? »

Souvent les bœufs font semblant de
ruminer alors qu'au fond de leur âme
ils chantent.

Le bœuf souffla délicatement dans la
flûte et il n'est pas du tout sûr qu'un

ange l'ait aidé à obtenir des sons aussi
purs. L'enfant se dressa un peu, de la
tête et des épaules, sur sa couche, pour
voir. Pourtant le flûtiste ne fut pas
content du résultat. Il se croyait sûr,
du moins, que personne, du dehors, ne
l'avait entendu. Il se trompait.

Vite il s'enfuit, crainte que quelqu'un,
et surtout l'âne, n'entrât et ne le surprît
trop près de la petite flûte.

— Viens le voir, dit un jour la Vierge
au bœuf, pourquoi ne t'approches-tu
plus jamais de mon enfant, toi qui l'as si
bien réchauffé alors qu'il était encore
tout nu?

Enhardi, le bœuf se plaça tout près
de Jésus qui, pour le mettre tout à fait à
l'aise, lui saisit le museau des deux
mains. Le bœuf retenait son souffle,
inutile maintenant. Jésus souriait. La
joie du bœuf était muette. Elle avait
pris la forme même de son corps et
l'emplissait jusqu'à la pointe des cornes.

L'enfant regardait l'âne et le bœuf
tour à tour, l'âne, un peu trop sûr de lui,

et le bœuf qui se sentait d'une opacité
extraordinaire auprès de ce visage délicatement éclairé de l'intérieur, comme
si à travers de légers rideaux on eût
vu passer une lampe d'une pièce à
l'autre, dans une très petite et lointaine
demeure.

Voyant le bœuf si ténébreux, l'enfant se mit à rire aux éclats.

La bête ne voyait pas très clair dans
ce rire et se demandait si le petit ne
se moquait pas. Fallait-il désormais se
montrer plus réservé? Ou même s'éloigner?

Alors l'enfant rit de nouveau et d'un
rire si lumineux, si filial, lui sembla-t-il,
que le bœuf comprit qu'il avait eu raison
de rester.

La Vierge et son fils se regardaient
souvent de tout près. Et c'était à qui
serait plus fier de l'autre.

« Il me semble que tout devrait être
à la joie, pensait le bœuf, jamais on ne
vit mère plus pure, enfant plus beau.
Mais par moments, comme ils ont l'air
grave l'un et l'autre! »

Le bœuf et l'âne se disposaient à rentrer dans l'étable. Après avoir bien
regardé, crainte de se tromper :

— Regarde donc cette étoile qui
avance dans le ciel, dit le bœuf, elle
est bien belle et me réchauffe le cœur.

— Laisse donc ton cœur tranquille,
il n'a rien à voir avec les grands événe-
ments auxquels nous assistons depuis
quelque temps.

— Tu diras ce que tu voudras, moi
j'estime que cette étoile avance de notre
côté. Regarde comme elle est basse dans
le ciel. On dirait qu'elle se dirige vers
notre étable. Et, dessous, il y a trois
personnages couverts de pierres pré-
cieuses.

Les bêtes arrivaient devant le seuil
de l'étable :

— D'après toi, bœuf, qu'est-ce qui va
arriver?

— Tu m'en demandes trop, âne. Je me
contente de voir ce qui est. C'est déjà
beaucoup.

— Moi, j'ai mon idée.

— Allez, allez, leur dit Joseph, ouvrant la porte. Vous ne voyez donc pas
que vous obstruez l'entrée et empêchez
ces personnes d'avancer.

Les bêtes s'écartèrent pour laisser
passer les rois mages. Ils étaient au
nombre de trois et l'un d'eux, complètement noir, représentait l'Afrique. Tout
d'abord, le bœuf exerça sur lui une sur-
veillance discrète. Il voulait voir si vraiment le nègre n'éprouvait que de bonnes
intentions à l'égard du nouveau-né.

Quand le visage du Noir qui devait
être un peu myope se fut penché pour
voir Jésus de tout près, il refléta, poli
et lustré comme un miroir, l'image de
l'Enfant, et avec tant de déférence, un
si grand oubli de soi, que le cœur du
bœuf en fut traversé de douceur.

« C'est quelqu'un de très bien, pensa-
t-il. Jamais les deux autres n'auraient
pu faire ça. »

Il ajouta au bout de quelques instants :

« Et c'est même le meilleur des trois. »

Le bœuf venait de surprendre les rois
blancs au moment où ils serraient pré-
cieusement dans leurs bagages un brin
de paille qu'ils venaient de dérober à la
crèche. Le mage noir n'avait rien voulu
prendre.

Côte à côte sur une couche improvisée,
prêtée par des voisins, les rois s'en-
dormirent.

« C'est étrange, pensait le bœuf, de
garder sa couronne pour dormir. Cette
chose dure doit gêner beaucoup plus
que des cornes. Et avec toutes ces
brillantes pierreries sur la tête, on doit
avoir du mal à trouver le sommeil. »

Ils dormaient sagement, comme des
statues allongées sur des tombeaux. Et
leur étoile brillait au-dessus de la crèche.

Juste avant le petit jour tous les trois
se levèrent en même temps, avec des
mouvements identiques. Ils venaient de
voir en songe le même ange qui leur
avait recommandé de partir tout de
suite et de ne pas retourner auprès
d'Hérode, jaloux, pour lui dire qu'ils
avaient vu l'Enfant Jésus.

Ils sortirent laissant luire l'étoile
au-dessus de la crèche afin que chacun
sût bien que c'était là.

Prière du Bœuf

Il ne faut pas me juger, céleste
Enfant, d'après mon air ahuri et in-
compréhensif. Est-ce que je ne pourrai
pas un jour ne plus ressembler à un
petit rocher qui s'avance?

Ces cornes, il faut bien que tu le
saches, n'est-ce pas, c'est plutôt un orne-
ment qu'autre chose, je vais même
t'avouer que je ne m'en suis jamais servi.

Jésus, mets un peu de ta lumière
dans toutes ces pauvretés et ces confu-
sions qui sont en moi. Apprends-moi
un peu de ta finesse, toi dont les petits
pieds et les petites mains sont si minu-
tieusement attachés à ton corps. Me
diras-tu, mon petit Monsieur, pourquoi
un jour il m'a suffi de tourner la tête
pour te voir tout entier? Comme je te
remercie de pouvoir être agenouillé

devant toi, merveilleux Enfant, et de
vivre ainsi dans la familiarité des anges
et des étoiles! Parfois je me demande si
tu n'aurais pas été mal informé et si
c'est bien moi qui devrais être ici; tu
n'as peut-être pas remarqué que j'ai
une grande cicatrice dans le dos et qu'il
me manque du poil sur le côté, ce qui
est assez vilain. Sans même sortir de
ma famille on aurait pu désigner pour
être ici mon frère ou mes cousins qui
sont beaucoup mieux que moi. Est-ce
que le lion ou l'aigle n'auraient pas été
plus indiqués?

— Tais-toi, dit l'âne, qu'est-ce que tu
as à soupirer ainsi, tu ne vois pas que tu
l'empêches de dormir avec toutes tes
ruminations.

« Il a raison, se dit le bœuf, il faut
savoir se taire quand c'est l'heure, même
si l'on ressent un bonheur si grand qu'on
ne sait où le loger. »

Mais l'âne priait aussi :
« Anes de trait, ânes de bât, la vie va

être belle sous nos pas et dans de gais
pâturages les ânons attendront les événe-
ments. Grâce à toi, petit jeune homme,
les pierres resteront à leur vraie place
sur le bord du chemin et on ne les verra
pas nous tomber dessus. Autre chose.
Pourquoi donc y aurait-il encore des
côtes et même des montagnes sur notre
route? Est-ce que de la plaine partout
ne ferait pas l'affaire de tout le monde?
Et pourquoi le bœuf qui est plus fort
que moi ne porte jamais personne sur
le dos? Et pourquoi mes oreilles sont si
longues et je n'ai pas de crins à ma
queue, et mes sabots sont si petits et
mon poitrail est resserré et ma voix a la
couleur des intempéries? Mais ce n'est
peut-être pas là quelque chose de défi-
nitif? »

Durant les nuits qui suivirent, ce fut
tantôt à une étoile et tantôt à une autre
d'être de garde. Et parfois à des constel-
lations tout entières. Pour cacher le
secret du ciel un nuage occupait toujours la place où auraient dû se trouver
les étoiles absentes. Et c'était merveille

constate le bœuf. L'ange a sûrement ses
raisons pour. Nous sommes trop peu de
chose, l'âne et moi. Et puis qu'avons-
nous fait pour mériter cette auréole?

— Toi tu n'as certainement rien fait,
mais tu oublies que moi j'ai porté la
Vierge.

Le bœuf pense par-devers lui :

« Comment se fait-il que la Vierge si
belle et si légère cachait ce bel enfan-
çon? »

Mais peut-être a-t-il songé tout haut.
Et l'âne de répondre :

— Il est des choses que tu ne peux pas
comprendre.

— Pourquoi dis-tu toujours que je
ne comprends pas? J'ai vécu plus que
toi. J'ai travaillé dans la montagne, en
plaine, et près de la mer.

— Ce n'est pas la question, dit l'âne.

Puis :

— Il n'y a pas que le nimbe. Je suis
sûr, bœuf, que tu n'as pas remarqué que
l'enfant baigne dans une sorte de poussière merveilleuse ou plutôt, c'est mieux
que de la poussière.

de voir les Infiniment Éloignées, se faire
toutes petites pour se placer au-dessus
de la crèche, et garder pour elles seules
leurs excès de chaleur, de lumière, et
leur immensité, ne répandant que le né-
cessaire pour chauffer et éclairer l'étable,
et ne pas effrayer un enfant. Premières
nuits de la Chrétienté... La Vierge,
Joseph, l'Enfant, le Bœuf et l'Ane,
étaient alors extraordinairement eux-
mêmes. Leur propre ressemblance qui
le jour se dispersait un peu, et s'épar-
pillait auprès des visiteurs, prenait après
le coucher du soleil une concentration
et une sécurité miraculeuses.

Par l'intermédiaire du bœuf et de
l'âne, plusieurs bêtes demandèrent à
connaître l'Enfant Jésus. Et un beau
jour un cheval connu pour son liant et
sa rapidité fut désigné par le bœuf,
avec le consentement de Joseph, pour
convoquer dès le lendemain tous ceux
qui voudraient venir.

L'âne et le bœuf se demandaient si

on laisserait entrer les bêtes féroces et
aussi les dromadaires, chameaux, élé-
phants, toutes bêtes que rendent un peu
suspectes leurs bosses, trompes, et un
surplus d'os et de chair.

La question se posait aussi pour les
insectes affreux comme les scorpions, les
tarentules, les grandes mygales, les vi-
pères, pour ceux et celles qui produisent
du venin dans leurs glandes aussi bien
la nuit que le jour, et même à l'aube
quand tout est pur.

La Vierge n'hésita pas.

— Vous pouvez tous les faire entrer,
mon enfant est aussi en sécurité dans
sa crèche qu'il le serait au plus haut du
ciel.

— Et un à un! ajouta Joseph d'un
ton presque militaire. Je ne veux pas
qu'il passe deux bêtes à la fois par la
porte, sans quoi on ne s'y reconnaîtra
plus.

On commença par les bêtes venimeuses, chacun ayant le sentiment qu'on

leur devait bien cette réparation. On
remarqua beaucoup le tact des serpents
qui évitèrent de regarder la Vierge, passant le plus loin possible de sa personne.
Et ils sortirent avec autant de calme
et de dignité que s'ils eussent été des
colombes ou des chiens de garde.

Il y avait aussi des bêtes si petites
que l'on savait difficilement si elles
étaient là ou attendaient encore dehors.
On accorda une heure entière aux atomes
pour se présenter et faire le tour de la
crèche. Le délai expiré, bien que Joseph
eût senti, à un léger picotement de la
peau, qu'ils n'étaient pas tous passés,
il donna aux bêtes suivantes l'ordre de
se montrer.

Les chiens ne purent s'empêcher de
marquer leur étonnement : ils n'avaient
pas été admis à demeure à l'étable
comme le bœuf et l'âne. Chacun les
caressa en guise de réponse. Alors ils se
retirèrent, pleins d'une gratitude visible.

Tout de même, quand on sentit à
son odeur que le lion approchait, le
bœuf et l'âne ne furent pas tranquilles.

Et d'autant moins que cette odeur tra-
versait, sans même y faire attention,
l'encens et la myrrhe et les autres par-
fums que les rois mages avaient large-
ment répandus.

Le bœuf appréciait les généreuses
raisons qui motivaient la confiance de
la Vierge et de Joseph. Mais placer
un enfant, cette délicate lumière, à
côté d'une bête dont le souffle pouvait
l'éteindre d'un seul coup...

L'inquiétude du bœuf et de l'âne
s'augmentait de ce qu'il était décent,
ils le voyaient bien, qu'ils fussent totale-
ment paralysés devant le lion. Ils ne
pouvaient pas plus songer à s'attaquer
à lui qu'au tonnerre ou à la foudre. Et
le bœuf, affaibli par le jeûne, se sentait
plutôt aérien que combatif.

Le lion entra avec sa toison, que
n'avait jamais peignée que le vent du
désert, et des yeux mélancoliques qui
disaient : « Je suis le lion, qu'y puis-je,
je ne suis que le roi des animaux. »

On voyait que sa grande préoccupa-
tion consistait à prendre le moins de

place possible dans l'étable et que ce
n'était pas facile, à respirer sans rien
déranger autour de lui, à oublier ses
griffes rétractiles et ses maxillaires mus
par des muscles très puissants. Il avançait, paupières baissées, cachant ses
admirables dents comme une maladie
honteuse, et avec tant de modestie qu'il
appartenait, on le voyait bien, à la race
des lions qui devaient refuser un jour
de dévorer sainte Blandine. La Vierge
eut pitié et voulut le rassurer d'un
sourire semblable à ceux qu'elle réser-
vait pour son enfant. Le lion regarda
droit devant lui, d'un air de dire sur
un ton plus désespéré encore que tout à
l'heure :

« Qu'ai-je donc fait pour être si grand
et si fort? Vous savez bien que je n'ai
jamais mangé que poussé par la faim et
le grand air. Et vous comprendrez aussi
qu'il y avait la question des lionceaux.
Nous avons tous plus ou moins essayé
d'être herbivores. Mais l'herbe n'est pas
faite pour nous. Ça ne passe pas. »

Alors son énorme tête, comme une

explosion de crins et de poils, s'inclina et se posa tristement sur le sol dur et le pinceau terminal de sa queue sembla aussi accablé que sa tête, au milieu d'un grand silence qui fit peine à chacun.

Quand ce fut le tour du tigre, il s'écrasa par terre jusqu'à devenir, à force de mortifications et d'austérités, une véritable descente de lit, au pied de la crèche. Puis, en quelques secondes il se reconstitua tout entier avec une rigueur, une élasticité incroyables et sortit sans rien ajouter.

La girafe montra un bon moment ses pattes dans l'embrasure de la porte et on fut unanime à considérer que « ça comptait » comme si elle avait fait le tour de la crèche.

Il en fut de même pour l'éléphant : il se contenta de s'agenouiller devant le seuil et de faire, de sa trompe, une espèce de mouvement d'encensoir qui fut fort goûté de tous.

Un mouton à l'énorme laine insista pour être tondu sur-le-champ : on lui laissa sa toison, tout en le remerciant.

La mère kangourou voulut à toute force donner à Jésus un de ses petits, prétextant qu'elle faisait ce cadeau de tout son cœur, que ça ne la privait pas, qu'elle avait d'autres petits kangourous à la maison. Mais Joseph ne l'entendait pas ainsi et elle dut remporter son enfant.

L'autruche fut plus heureuse; elle profita d'un moment d'inattention pour pondre son œuf dans un coin et s'en aller sans bruit. Souvenir qu'on n'aperçut que le lendemain matin. L'âne le découvrit. Il n'avait jamais rien vu de si gros ni de si dur, en fait d'œuf, et crut à un miracle. Joseph le détrompa de son mieux : il en fit une omelette.

Les poissons, n'ayant pu se montrer en raison de leur lamentable respiration hors de l'eau, avaient délégué une mouette pour les remplacer.

Les oiseaux s'en allaient laissant leurs chants, les pigeons leurs amours, les singes leur gaminerie, les chats leur regard, les tourterelles la douceur de leur gorge.

Et ils eussent voulu se présenter aussi, les animaux qui ne sont pas encore découverts et attendent un nom au sein de la terre ou de la mer, dans des profondeurs telles que c'est toujours pour eux une nuit sans étoiles ni lune, ni changement de saisons.

On sentait battre dans l'air l'âme de ceux qui n'avaient pu venir ou étaient en retard, d'autres qui, habitant au bout du monde, s'étaient tout de même mis en route sur leurs pattes d'insectes si petits qu'ils n'auraient pu faire qu'un mètre en une heure et dont la vie était si courte qu'ils ne pouvaient aspirer à dépasser cinquante centimètres — et encore, avec beaucoup de chance.

Il y eut des miracles : la tortue se dépêcha, l'iguane modéra son allure, l'hippopotame fut gracieux dans ses génuflexions, les perroquets gardèrent le silence.

Un peu avant le coucher du soleil, un incident peina tout le monde. Joseph

fatigué d'avoir dirigé le défilé toute la
journée, sans prendre la moindre nourri-
ture, écrasa du pied une mauvaise arai-
gnée, dans un moment de distraction,
oubliant qu'elle venait apporter ses hom-
mages à l'Enfant. Et le visage bouleversé
du saint consterna tout le monde pendant un bon moment.

Certaines bêtes dont on aurait attendu
plus de discrétion s'attardaient dans
l'étable : le bœuf dut éloigner la fouine,
l'écureuil, le blaireau qui ne voulaient
pas sortir.

Quelques papillons crépusculaires de-
meuraient qui profitèrent de leur couleur
semblable à celle des poutres de la toi-
ture pour passer toute la nuit au-dessus
de la crèche. Mais le premier rayon de
soleil les décela le lendemain et comme
Joseph ne voulait favoriser personne il
les chassa immédiatement.

Des mouches, invitées aussi à se reti-
rer, laissèrent entendre par leur mauvaise volonté à s'en aller qu'elles avaient
toujours été là, et Joseph ne sut que leur
dire.

Les apparitions surnaturelles au milieu desquelles vivait le bœuf lui coupaient souvent la respiration. Ayant pris l'habitude de retenir son souffle, à la manière des ascètes de l'Asie, il devint lui aussi visionnaire, et, bien que moins à l'aise dans la grandeur que dans l'humilité, il connut de véritables extases. Mais un scrupule le guidait et l'empêchait d'imaginer des anges ou des saints. Il ne les voyait que si réellement ils se trouvaient dans le voisinage.

« Pauvre de moi, pensait le bovin effrayé de ces apparitions qui lui semblaient suspectes, pauvre de moi qui ne suis qu'une bête de somme ou peut-être même le démon. Pourquoi ai-je les cornes comme lui, moi qui n'ai jamais fait le mal? Et si je n'étais qu'un sorcier? »

Joseph ne fut pas sans remarquer les inquiétudes du bœuf qui maigrissait à vue d'œil.

— Va donc manger dehors! s'écria-

t-il. Tu es là toute la journée fourré dans
nos jambes, tu n'auras bientôt plus que
la peau sur les os.

L'âne et le bœuf sortirent.

— C'est vrai que tu es maigre, dit
l'âne. Tes os sont devenus si pointus
qu'il va te sortir des cornes sur tout le
corps.

— Ne me parle pas de cornes!

Et le bœuf se dit à lui-même :

« Il a raison, oui, il faut vivre. Tiens,
prends donc cette belle touffe de vert.
Et cette autre? Tu t'imagines donc
qu'elle est vénéneuse? Non, je n'ai pas
faim. Qu'il est beau cet Enfant tout de
même! Et ces grandes figures qui entrent
et qui sortent et respirent par leurs ailes
toujours battantes. Tout ce beau monde
céleste qui pénètre sans se salir dans
notre simple étable. Allons, mange donc,
bœuf, ne t'occupe pas de ça. Et puis, il
ne faut pas te laisser réveiller par le
bonheur qui vient te tirer les oreilles au
milieu de la nuit. Ni rester si longtemps
auprès de la crèche sur un seul genou
pour que ça te fasse mal. Ton cuir de

bœuf est tout usé à la jointure de l'os;
encore un petit moment, et les mouches
vont s'y mettre. »

Une nuit, ce fut à la constellation du
Taureau d'être de garde au-dessus de la
crèche, sur un pan de ciel noir. L'œil
rouge d'Aldébaran luisait magnifique et
enflammé, tout proche. Et les cornes, les
flancs taurins s'ornaient d'énormes pierreries. Le bœuf était fier de voir l'Enfant si bien gardé. Tous dormaient paisi-
blement, l'âne, les oreilles baissées et
confiantes. Mais le bœuf, bien que for-
tifié par la surnaturelle présence de cette
constellation parente et amie, se sentait
plein de faiblesse. Il songeait à ses sacri-
fices pour l'Enfant, à ses veilles inutiles,
à sa protection dérisoire.

« Est-ce que la constellation du Taureau m'a vu, pensait-il. Ce gros œil rouge
étoilé, qui brille à faire peur, sait-il que
je suis là? Ces étoiles, c'est si haut, c'est
si distant qu'on ne sait même pas de
quel côté elles regardent. »

Soudain Joseph qui s'agitait sur sa
couche depuis quelques instants se lève,

les bras au ciel. Lui qui d'habitude
montre tant de mesure dans ses gestes
et ses paroles, voilà qu'il réveille tout le
monde, même l'Enfant.

— J'ai vu le Seigneur en songe. Il faut
que nous partions sans tarder. Hérode,
oui, à cause de lui qui veut s'en prendre
à Jésus.

La Vierge prend son fils dans ses bras
comme si le roi des Juifs était déjà là,
dans l'embrasure de la porte, à la main
un coutelas de boucherie.

L'âne se met sur pied.

— Et celui-là? dit Joseph à la Vierge
en désignant le bœuf.

— Il me semble qu'il est bien faible
pour venir avec nous.

Le bœuf veut montrer qu'il n'en est
rien. Il fait un énorme effort pour se
lever, mais jamais il ne s'est senti plus
attaché au sol. Alors, implorant secours,
il regarde la constellation du Taureau.
Il ne compte plus que sur elle pour avoir
la force de partir. Le céleste bovin ne
bronche pas, l'œil toujours aussi rouge

et enflammé, et toujours de profil par rapport au bœuf.

— Voilà plusieurs jours qu'il ne mange pas, dit la Vierge à Joseph.

« Oh! Je comprends bien qu'ils vont me laisser ici, songe le bœuf. C'était trop beau, cela ne pouvait durer. Au reste je n'aurais été sur les routes qu'un spectre osseux et retardataire. Toutes mes côtes en ont assez de ma peau et ne demandent plus qu'à prendre leurs aises sous le ciel. »

L'âne s'approche du bœuf, frotte son museau contre celui du ruminant pour lui faire savoir que la Vierge vient de le recommander à une voisine et qu'il ne manquera de rien après leur départ. Mais le bœuf, paupières mi-closes, semble absolument écrasé.

La Vierge le caresse et s'écrie :

— Mais nous ne partons pas en voyage, bien entendu. C'était simplement pour te faire peur!

— Ça va sans dire, nous revenons tout de suite, ajoute Joseph, on ne s'en va pas ainsi au loin, au milieu de la nuit.

— La nuit est très belle, reprend la Vierge, et nous en profiterons pour faire prendre l'air à l'enfant, il est un peu pâlot ces jours-ci.

— C'est parfaitement vrai, dit le saint homme.

C'est le pieux mensonge. Le bœuf le comprend et ne voulant pas gêner les partants dans leurs préparatifs, il feint de tomber dans un profond sommeil. C'est sa façon de mentir.

— Il s'est endormi, dit la Vierge, mettons tout près de lui la paille de la crèche pour qu'il n'ait besoin de rien quand il se réveillera. Laissons-lui le flageolet à portée de son souffle, poursuit-elle tout bas, il aime bien en jouer quand il est seul.

Ils se disposent à partir. La porte de l'étable crisse.

« J'aurais dû l'huiler », pense Joseph, qui craint de réveiller le bœuf, mais celui-ci fait toujours semblant de dormir.

La porte est refermée avec soin.

Tandis que l'âne de la crèche devient

peu à peu celui de la fuite en Égypte, le
bœuf reste les yeux fixés sur cette paille
où tout à l'heure encore reposait l'Enfant Jésus.

Il sait bien que jamais il n'y touchera
non plus qu'au flageolet,

La constellation du Taureau, d'un
bond, regagne le zénith et d'un seul
coup de corne, se fixe au ciel, à la place
qu'elle ne devait plus jamais quitter.

Quand la voisine entra, un peu après
l'aube, le bœuf avait cessé de ruminer.

L'inconnue de la Seine

« Je croyais qu'on restait au fond du fleuve, mais voilà que je remonte », pensait confusément cette noyée de dix-neuf ans qui avançait entre deux eaux.

C'est un peu après le Pont Alexandre qu'elle eut grand-peur, quand les pénibles représentants de la Police fluviale la frappèrent à l'épaule de leurs gaffes en essayant en vain d'accrocher sa robe.

Heureusement la nuit venait et ils n'insistèrent point.

« Repêchée, pensait-elle. Avoir à s'exposer devant ces gens-là sur la planche de quelque morgue sans pouvoir faire le moindre mouvement de défense ni de recul, ni même lever le petit doigt. Se sentir morte et qu'on vous caresse la jambe. Et pas une femme, pas une femme tout autour pour vous sécher et faire votre dernière toilette. »

Enfin elle avait dépassé Paris et filait maintenant entre des rives ornées d'arbres et de pâturages, tâchant de s'immobiliser, le jour, dans quelque repli du fleuve, pour ne voyager que la nuit, quand la lune et les étoiles viennent seules se frotter aux écailles des poissons.

« Si je pouvais atteindre la mer, moi qui ne crains pas maintenant la vague la plus haute. »

Elle allait sans savoir que sur son visage brillait un sourire tremblant mais plus résistant qu'un sourire de vivante, toujours à la merci de n'importe quoi.

Atteindre la mer, ces trois mots lui tenaient maintenant compagnie dans le fleuve.

Les paupières closes, les pieds joints, les bras au gré de l'eau, agacée par les plis que formait un de ses bas au-dessous du genou, la gorge cherchant encore quelque force du côté de la vie, elle avançait, humble et flottant fait divers, sans connaître d'autre démarche que celle du vieux fleuve de France, qui, passant toujours par les mêmes méandres, allait aveuglément à la mer.

Dans la traversée d'une ville (« Suis-je à Mantes, suis-je à Rouen ») elle fut maintenue quelques instants par des remous contre l'arche d'un pont et il fallut qu'un remorqueur passât tout près et brouillât l'eau pour qu'elle pût reprendre sa route.

« Jamais, jamais je n'arriverai à la mer », songeait-elle au cœur de sa troisième nuit dans l'eau.

— Mais vous y êtes, lui dit, de tout près, un homme qu'elle devinait très grand et nu et qui lui attacha un lingot de plomb à la cheville.

Puis il lui prit la main avec tant d'autorité, de persuasion, qu'elle n'eût peut-être pas résisté davantage si elle avait été autre chose qu'une petite morte.

« Fions-nous à lui, moi qui ne peux plus rien par moi-même. »

Et le corps de la jeune fille baigna dans une eau de plus en plus profonde.

Quand ils eurent atteint les sables qui
attendent sous la mer, plusieurs êtres
phosphorescents vinrent à eux, mais
l'homme, c'était « le Grand Mouillé »,
les écarta du geste.

— Ayez confiance en nous, dit-il à la
jeune fille. L'erreur, voyez-vous, c'est
de vouloir respirer encore. Ne vous
effrayez pas non plus de sentir en vous
un cœur qui ne bat presque plus jamais
et seulement quand il se trompe. Et ne
gardez pas ainsi vos lèvres serrées comme
si vous aviez peur d'avaler de l'eau
de mer. Elle est maintenant pour vous
ce qu'était naguère l'eau douce. Vous
n'avez plus rien à craindre, vous entendez, plus rien à craindre. Sentez-vous
les forces qui reviennent?

— Ah! je vais m'évanouir.

— Jamais de la vie. Pour hâter l'ac-
coutumance, faites passer d'une main
dans l'autre le sable fin qui est à vos
pieds. Ce n'est pas la peine d'aller vite.
Comme cela, oui. Vous ne tarderez pas
à retrouver votre équilibre.

Elle reprenait complètement con-

science. Mais tout d'un coup elle eut
encore grand-peur. Comment se faisait-il
qu'elle comprît ce marin des abîmes sans
qu'il eût prononcé une seule parole dans
toute cette eau? Mais sa frayeur ne dura
pas : elle s'aperçut que l'homme s'expri-
mait uniquement par les phosphorescences de son corps. Ses bras à elle aussi,
nus et légers, dégageaient, en guise de
réponse, de petites lumières comme des
lucioles. Et les Ruisselants, autour d'eux,
ne se faisaient pas comprendre d'une
autre façon.

— Et maintenant puis-je savoir d'où
vous venez? demanda le Grand Mouillé,
qui se tenait toujours de profil par rapport à elle, comme le voulaient les habi-
tudes des Ruisselants, quand un homme
s'adressait à une jeune fille.

— Je ne sais plus rien de moi, ni
même mon nom.

— Eh bien, vous serez l'Inconnue de
la Seine, voilà tout. Croyez que nous ne
sommes guère plus renseignés sur notre
propre compte. Sachez seulement que
c'est ici une grande colonie de Ruisse-

lants et que vous n'y serez pas malheureuse.

Elle battait des cils très vite, comme
lorsqu'on est gêné par un excès de lumière et le Grand Mouillé fit signe à tous
les poissons-torches, sauf un, de se reti-
rer. Oui, il y en avait, autour d'eux, qui
éclairaient les profondeurs et restaient
généralement immobiles.

Des gens de tout âge s'approchaient
avec curiosité. Ils étaient nus.

— Avez-vous un vœu à exprimer?
demanda le Grand Mouillé.

— Je voudrais garder ma robe.

— Vous la garderez, jeune fille, c'est
bien simple.

Et dans les yeux, dans les gestes lents
et courtois de ces habitants des profondeurs, on distinguait le désir de rendre
service à la nouvelle venue.

Le lingot de plomb attaché à sa jambe
la gênait. Elle songeait à s'en débarrasser ou tout au moins à desserrer le
nœud dès qu'elle ne serait vue de personne. Le Grand Mouillé comprit son
intention.

— Surtout ne touchez pas à ça, je vous en supplie, vous perdriez connaissance et remonteriez à la surface, si toutefois vous parveniez à franchir le grand barrage de requins.

La jeune fille se résigna et, à l'imitation de ceux qui l'entouraient, se mit à faire le geste d'écarter des algues et des poissons. Il y avait beaucoup de petits poissons, très curieux, qui rôdaient continuellement comme des mouches ou des moustiques autour de son visage et de son corps, jusqu'à les toucher.

Un ou deux gros poissons domestiques ou de garde (rarement trois) s'attachaient à la personne de chaque Ruisselant et rendaient de menus services, comme tenir divers objets dans leur bouche ou vous débarrasser le dos des herbes marines qui y restaient collées. Ils accouraient au moindre signe, ou même avant. Parfois leur obséquiosité agaçait. Dans leurs yeux on distinguait une admiration ronde et simpliste qui faisait tout de même plaisir. Et jamais

on ne les vit manger les petits poissons
qui étaient de service comme eux.

« Pourquoi me suis-je jetée à l'eau?
pensait la nouvelle venue. J'ignore même
si j'étais là-haut une femme ou une jeune
fille. Ma pauvre tête n'est plus peuplée
que d'algues et de coquillages. Et j'ai
fort envie de dire que cela est très *triste*,
bien que je ne sache plus au juste ce que
ce mot signifie. »

La voyant ainsi peinée, une autre
jeune fille s'approcha qui avait fait
naufrage deux ans auparavant et qu'on
appelait La Naturelle :

— Le séjour dans les profondeurs,
vous verrez, lui dit-elle, vous donnera
une confiance très grande. Mais il faut
laisser aux chairs le temps de se reformer,
de devenir suffisamment denses, pour
que le corps ne remonte pas à la surface.
Ne pas être là à vouloir manger et boire.
Ces enfantillage passent vite. Et je
pense que bientôt de vraies perles vous
sortiront des yeux quand vous vous y
attendrez le moins, ce sera le signe pré-
curseur de l'acclimatation.

— Que fait-on ici? demanda l'Inconnue de la Seine au bout d'un moment.

— Mille choses; on ne s'ennuie pas, je vous assure. On visite le fond de la mer pour y recueillir des isolés et les ramener ici, augmenter la puissance de notre colonie. Quelle émotion lorsqu'on en découvre un qui se croit condamné à une solitude éternelle dans notre grande prison de cristal! Comme il titube et s'accroche aux plantes marines! Comme il se cache! Il croit voir partout des requins. Et puis voici un homme comme lui qui s'en vient et l'emporte dans ses bras — à la façon d'un infirmier après la bataille —, vers des régions où il n'aura plus rien à redouter.

— Et les bateaux qui coulent, en voyez-vous souvent?

— Une fois seulement j'ai vu tomber au fond de la mer mille et mille choses destinées à la surface. Tout cela qui nous arrivait dessus, dégringolait dans l'eau : de la vaisselle, des malles, des cordages et même des voitures d'enfants. Il fallut aller secourir ceux qui restaient dans les cabines, enlever tout d'abord leur ceinture de sauvetage. De vigoureux Ruisselants, la hache à la main, délivraient les naufragés. Et, la hache cachée, les rassuraient de leur mieux. On rangeait les provisions de toutes sortes dans les entrepôts qui se trouvent sous notre terre à nous, celle qui est sous la mer.

— Mais puisqu'on n'a plus de besoins?

— Nous feignons d'en avoir pour que le temps pèse moins.

Un homme avançait tenant par la bride un cheval. La bête resplendissante, un peu oblique, luisait d'une majesté, d'une politesse, d'une acceptation de la mort qui étaient autant de merveilles. Et toutes ces bulles d'argent vif autour de son corps!

— Nous avons très peu de chevaux, dit la Naturelle. C'est ici un grand luxe.

Près de l'Inconnue de la Seine, l'homme retint la bête qui portait une selle d'amazone.

— De la part du Grand Mouillé, dit-il.

— Oh! qu'il me pardonne, mais je ne me sens pas encore assez solide.

Et le beau cheval répudié s'en retourna avec toute sa prestance et sa splendeur, comme si rien au monde ne pouvait plus le changer ni l'émouvoir.

— C'est le Grand Mouillé qui commande ici? demanda l'Inconnue de la Seine qui en était bien persuadée.

— Oui, c'est le plus fort de nous tous et celui qui connaît le mieux la région. Et si solide qu'il peut s'élever presque jusqu'à la surface. Quelques simples d'esprit prétendent même qu'il a des nouvelles du soleil, des étoiles et des hommes. Mais il n'en est rien. Et c'est déjà bien beau de pouvoir monter ainsi à la rencontre des noyés errants. Oui, il est des êtres complètement inconnus sur terre et qui sous la mer ont acquis une grande réputation. Vous ne trouverez pas trace dans l'histoire telle qu'on l'enseigne là-haut de l'amiral français Bernard de la Michelette, ni de Pristine, sa femme, ni de notre Grand Mouillé, qui, noyé comme simple mousse à l'âge de douze ans, se trouva si à l'aise dans le milieu sous-marin, qu'il y grandit de

façon redoutable et devint un géant de
notre faune.

L'Inconnue de la Seine ne quittait
pas sa robe, même pour dormir; c'est
tout ce qu'elle avait sauvé de sa vie
antérieure. Elle utilisait les plis et la
mouillure du vêtement qui lui don-
naient une miraculeuse élégance au milieu de toutes ces femmes dépouillées.
Et les hommes auraient bien voulu
connaître la forme de sa gorge.

La jeune fille, qui voulait se faire
pardonner sa robe, vivait à l'écart, avec
une modestie un peu trop apparente
peut-être, et passait sa journée à récolter
des coquillages pour les enfants ou pour
les plus humbles et les plus mutilés
d'entre les noyés. Elle était toujours la
première à saluer et s'excusait souvent,
même s'il n'y avait pas lieu.

Chaque jour le Grand Mouillé venait
lui rendre visite, et ils restaient là tous
deux avec leurs phosphorescences,
comme des morceaux de la Voie lactée
chastement allongés l'un près de l'autre.

— Nous ne devons pas être bien loin

de la côte, dit-elle un jour. Si je pouvais
remonter le fleuve, entendre quelques
bruits de la ville, ou simplement la
cloche d'un tram qui a du retard au
milieu de la nuit.

— Pauvre enfant, mauvaise mémoire,
oubliez-vous que vous êtes morte et que
vous vous exposeriez à être enfermée
là-haut dans la plus odieuse des pri-
sons? Les vivants n'aiment pas que
nous errions et nous punissent vite de
nos vagabondages. Ici, vous êtes libre,
à l'abri.

— Vous ne pensez donc jamais, vous,
aux choses de là-haut? Elles viennent
souvent à moi, une à une, et sans aucun
ordre, ce qui me rend très malheureuse.
En ce moment même voici une table de
chêne, bien vernie mais toute seule.
Elle disparaît et voici venir l'œil d'un
lapin. Et maintenant c'est l'empreinte
d'un pied de bœuf dans le sable. Tout
cela semble s'avancer en ambassade et
ne me dit rien d'autre que sa présence.
Et quand les choses viennent à moi
par deux, elles ne sont pas faites pour

aller ensemble. Ici, je vois une cerise dans l'eau d'un lac. Et que voulez-vous que je fasse de cette mouette dans un lit, de ce perdreau sur le verre de cette grande lampe qui fume? Je ne connais rien de plus désespéré. Ces fragments de la vie, sans la vie, est-ce donc là ce qu'on nomme la mort?

Et elle ajoutait pour soi :

« Et vous-même qui êtes là, près de moi, de profil, comme un guerrier taillé dans la banquise? »

L'une après l'autre, les mères refusèrent de laisser leurs filles fréquenter l'Inconnue de la Seine, à cause de cette robe qu'elle portait jour et nuit.

Une naufragée dont la raison avait été ébranlée jusqu'après sa mort et qui ne pouvait trouver l'apaisement :

— Mais elle est vivante, dit-elle. Je vous dis que cette fille est vivante. Si elle était comme nous, ça lui serait bien égal de ne pas porter de robe. Ces ornements ne regardent plus les mortes.

— Taisez-vous donc, vous avez perdu l'esprit, dit la Naturelle. Comment voulez-vous qu'elle soit vivante, sous la mer?

— C'est vrai qu'on ne peut pas vivre sous la mer, répondait la folle accablée, comme si elle se rappelait soudain une leçon apprise il y avait très longtemps.

Mais cela ne l'empêchait pas de venir répéter au bout d'un moment :

— Et moi, je vous dis qu'elle est vivante!

— Voulez-vous nous laisser tranquilles, espèce de détraquée, ripostait la Naturelle. Tout de même, ça ne devrait pas être permis de dire des choses pareilles!

Mais, un jour, celle-là même qui avait toujours été la meilleure amie de l'Inconnue, s'approcha d'elle avec un visage qui voulait dire : « Moi aussi je vous en veux. »

— Pourquoi tenir ainsi à une robe, au fond de la mer? dit la Naturelle.

— Il me semble qu'elle me protège

contre tout ce que je ne comprends pas
encore.

Alors une femme, qui lui avait déjà
fait des reproches, s'écria :

— Elle est bien trop contente de se
singulariser ainsi! Ce n'est qu'une petite
débauchée. Et moi, je vous assure, que
j'ai été mère de famille sur terre et que
si j'avais ma fille près de moi, je n'hési-
terais pas à lui dire : « Enlevez votre
robe, vous m'entendez! » Et toi aussi,
enlève-la, dit-elle à l'Inconnue, qu'elle
tutoyait pour l'humilier. (C'était, au
fond de la mer, la pire des insultes.)
Ou bien gare à ceci, mignonne, dit-elle
en la menaçant d'une paire de ciseaux
qu'elle finit par jeter avec rage aux pieds
de la jeune fille.

— Voulez-vous vous en aller! dit la
Naturelle, émue par tant de méchanceté.

L'Inconnue, restée seule, cacha comme
elle put sa douleur dans l'eau lourde et
difficile.

« Est-ce que ce n'est pas là, pensait-
elle, ce qu'on appelle, sur terre, l'envie? »

Et voyant rouler de ses yeux tristement de lourdes perles :

— Ah! non jamais! dit-elle, je ne peux pas, je ne veux pas m'habituer.

Elle s'enfuit vers des régions désertiques, aussi vite que le lui permettait le lingot de plomb qu'elle traînait à la jambe.

« Grimaces affreuses de la vie, pensait-elle, laissez-moi tranquille. Mais laissez-moi donc tranquille! Que voulez-vous que je fasse de vous, quand le reste n'existe plus! »

Quand elle eut laissé loin derrière elle tous les poissons-torches et qu'elle se fut trouvée dans la nuit profonde, elle coupa le fil d'acier qui l'attachait au fond de la mer avec les ciseaux noirs qu'elle avait ramassés, avant de s'enfuir.

« Mourir enfin tout à fait », pensait-elle, en s'élevant dans l'eau.

Dans la nuit marine ses propres phosphorescences devinrent très lumineuses, puis s'éteignirent pour toujours. Alors son sourire d'errante noyée revint sur

ses lèvres. Et ses poissons favoris n'hési-
tèrent pas à l'escorter, je veux dire à
mourir étouffés, à mesure qu'elle rega-
gnait les eaux moins profondes.

Les boiteux du ciel

Les Ombres des anciens habitants de la Terre se trouvaient réunies dans un large espace céleste; elles marchaient dans l'air comme des vivants l'eussent fait sur terre.

Et celui qui avait été un homme de la préhistoire se disait :

« Ce qu'il nous faudrait, voyez-vous, c'est une bonne caverne spacieuse, bien abritée, et quelques pierres pour faire du feu. Mais quelle misère! Rien de dur autour de nous, rien que des spectres et du vide. »

Et le père de famille des temps modernes introduisait avec précaution ce qu'il prenait pour sa clef dans le trou de sa serrure et faisait mine de fermer sa porte avec le plus grand soin.

« Allons, je suis rentré chez moi, pensait-il. Voilà une journée finie; je vais dîner et me coucher tranquillement. »

Le lendemain il faisait comme si sa barbe avait poussé durant la nuit et se savonnait longuement avec un blaireau de brouillard.

Oui, tout cela, maisons, cavernes, portes, et même les faces des gros bourgeois qui avaient eu un jour le teint couperosé, n'étaient plus maintenant que des ombres grises qui se souvenaient, de grands mutilés de tout leur corps, des fantômes de gens, de villes, de fleuves, de continents, car on retrouvait là-haut une Europe aérienne avec la France, tout entière, son Cotentin et sa Bretagne, péninsules dont elle n'avait pas voulu se séparer, et une Norvège dont pas un fjord ne manquait.

Tout ce qu'on faisait sur terre se reflétait dans cette partie du ciel et même si on changeait un pavé dans une rue obscure.

On voyait passer les âmes des véhi-

cules de tous les siècles, charrettes des
rois fainéants, pousse-pousse, camion-
nettes automobiles, omnibus, filanzanes.

Et ceux qui n'avaient jamais connu
que leurs pieds comme moyen de trans-
port se servaient seulement de leurs
pieds.

Certains ne croyaient pas encore à
l'électricité, d'autres l'annonçaient pour
bientôt, d'autres tournaient des commutateurs imaginaires et pensaient y voir
plus clair.

De temps en temps une voix, la seule
qu'on entendît dans ces espaces inter-
stellaires et qui venait on ne savait
d'où, disait à chacun dans ce qui avait
été autrefois le tuyau de son oreille :

« Au surplus, n'oubliez pas que vous
n'êtes que des ombres. »

Mais chacun ne comprenait le sens
de ces paroles que pendant quatre à
cinq secondes, après quoi c'était comme
si on n'avait rien dit. Les Ombres
croyaient de nouveau à tout ce qu'elles
faisaient, suivaient leur idée.

On était privé de la parole, et même du murmure.

Mais l'âme était si transparente que pour engager une conversation il suffisait de se placer en face de son *interlocuteur*, si l'on peut dire.

On pouvait surprendre une mère pensant devant son fils en bas âge, comme s'il avait vraiment couru un risque :

« Attention, tu vas tomber, et te tuer ! »

Et près d'une voisine :

« Hier il m'est arrivé du collège avec les genoux ensanglantés. »

Pour cacher ses sentiments on se voyait obligé de s'enfuir à toutes jambes, de s'isoler, si on pouvait. Mais la plupart des gens prenaient l'habitude de ne penser à rien de secret, de s'exprimer de façon parfaitement courtoise.

Chacun avait toujours l'apparence du même âge, mais cela n'empêchait pas les parents de demander à leurs enfants ce qu'ils comptaient faire plus tard et de trouver qu'ils avaient beaucoup, vraiment beaucoup grandi, et profitaient, que c'en était un plaisir. Mais quand les jeunes gens s'embrassaient, c'était avec indifférence.

Les aveugles y voyaient tout autant que les autres et affectaient de marcher sans canne, mais ils gardaient la tête très en arrière comme pour éviter des obstacles, hélas inexistants.

Et l'homme qui avait connu un grand amour sur terre changeait souvent de trottoir dans l'espérance d'être plus heureux en face. (C'était le cas de Charles Delsol, vous le verrez tout à l'heure.)

Parfois, sans en souffrir le moins du monde, les derniers arrivants s'arrachaient le cœur, masse grise palpitante qu'ils jetaient à leurs pieds et regardaient longuement, et piétinaient, puis le cœur modeste et non changé reprenait avec calme sa place dans la poitrine de l'homme désincarné qui n'avait pas réussi à souffrir ni à pleurer.

On consolait les nouveaux qui ne savaient encore que faire de leur ombre et n'osaient mettre un pied devant l'autre, ni lever la main pour saluer, ni croiser les jambes, courir, sauter avec

ou sans élan, toutes choses que les anciens faisaient sans difficulté. Ils étaient
là tout le temps à regarder autour
d'eux, à se tâter comme s'ils avaient
perdu leur portefeuille.

« Ça passera, cela finira bien un jour. »
Finir un jour.

« Vous n'êtes pas à plaindre, leur
disait-on. Il y en a de plus malheu-
reux. » Et, de l'index, on désignait l'endroit où devait se trouver la Terre à cet
instant même, la Terre invisible. Les
tout petits, les nouveau-nés aussi, savaient exactement où elle était, même
quand on les réveillait en sursaut au
milieu de la nuit pour le leur demander.

On n'entendait aucun bruit et comme
on tendait l'oreille! Comme on épiait
les lèvres grises des hommes et des
femmes, comme on se penchait sur les
berceaux, espérant qu'enfin un son en
sortirait!

On se réunissait tantôt chez l'un,
tantôt chez l'autre pour *entendre* un
morceau déterminé joué sur un violon-
celle sans corps, ou bien pour que cha-

cun, livré à sa fantaisie, et selon ses
goûts, perçût un quatuor de musique en
chambre ou la voix des grandes orgues,
ou un solo de flûte, ou le bruit du vent
dans les sapins, à travers une grosse
pluie.

Un homme, qui avait été un grand
pianiste, s'assit un jour à son fanto-
matique piano et invita les amis à le
venir voir jouer. Chacun comprit que
ça allait être du Bach. On pensait que
peut-être, vu le génie de l'exécutant
et du compositeur, on allait entendre
quelque chose. Et les invités faisaient
aller leur tête de droite et de gauche
dans une grande espérance. Certains
avaient pensé que c'était Bach lui-
même. En effet, c'était lui. Il joua la
Toccata et Fugue. On suivait avec pas-
sion le jeu de l'artiste et chacun crut
vraiment l'entendre. A la fin du morceau tous se mirent à battre des mains
avec enthousiasme, mais il fut manifeste
que nul bruit n'en sortait. Alors, comprenant qu'il n'y avait pas eu miracle, on
se hâta de rentrer chez soi au plus vite.

Mais la grande tristesse des Ombres venait surtout de ce qu'elles ne pouvaient rien saisir. Autour d'elles tout semblait à l'état d'abstractions. Avoir à soi un bout d'ongle, un cheveu, un croûton de pain, n'importe quoi, mais qui fût consistant.

Un jour, des flâneurs qui se promenaient sur ce qu'on prenait généralement pour la place publique virent une longue boîte, en vrai bois, vraiment blanc. Les Ombres avaient été si souvent trompées par leurs désirs qu'elles ne comprirent pas tout de suite l'importance de la chose et crurent qu'il ne s'agissait que d'une hallucination, d'une boîte un peu mieux imitée que d'habitude. Mais on fut stupéfait quand un emballeur connu pour sa vivacité d'esprit déclara en se tournant de tous côtés pour faire face aux incrédules que c'était là du bois blanc, du bois comme sur la Terre.

Alors un peuple immense de tous les temps, de Goths, de chèvres, de loups, et de Wisigoths, de Huns, de Protes-

tants, de rats musqués, de renards et
de sarcelles, de Catholiques, de Romains
à la tête vaste, de mignons, tous mêlés
à des Romantiques et des Classiques, à
des pumas, des aigles et des coccinelles,
s'entassèrent autour de la boîte qu'ils
entouraient d'un silence si formidable
qu'elle en craquait [1].

« Ça va changer, quelque chose va
changer! C'est que la vie devenait impossible! Puisque c'est là une boîte en
véritable bois blanc, est-ce que le soleil
ne va pas se mettre à briller tout d'un
coup, et remplacer une bonne fois cette
misérable lumière qui vient on ne sait
d'où, toujours pareille et qui n'est ni
du vrai jour ni de la vraie nuit, mais
une espèce de saleté dans le ciel. Le
ciel d'ici, oui, les oiseaux réussissent
parfois à s'y envoler, mais il faut voir
comment, essoufflés, ils sont obligés de
se poser à tout instant dans le vide, et
parfois s'ils insistent, un gros paquet

---

[1]. La transparence de toutes ces Ombres permettait
même aux jeunes enfants de voir, à n'importe quelle
place, sans avoir à se mettre sur la pointe des pieds.

de plumes mortes les abandonne et ils tombent, ils tombent durant l'éternité. »

Nul ne pouvant soulever le couvercle de la boîte, il y en eut plus de cent mille pour demander à monter la garde autour d'elle afin que... ou de peur que... ou parce que... Les hypothèses n'étaient pas vraisemblables, elles se perdaient comme des ruisselets d'éther dans le Sahara du ciel.

« Pas si vite, ne nous laissons pas aller à de folles illusions, disaient ceux qui étaient arrivés à un âge avancé sur terre. Pour une simple boîte et qui est peut-être vide! »

Mais l'espérance allait son train. Une ombre venue on ne savait d'où prétendit que le dimanche suivant (on disait le dimanche mais il y avait parfois de grandes discussions pour savoir si c'était vraiment dimanche), on verrait un vrai taureau et qu'il mangerait de l'herbe devant tout le monde, et qu'on l'entendrait peut-être même mugir vers la fin de la représentation.

— Il paraît que c'est un beau noir, légèrement moucheté de blanc.

— Moi, ce que je voudrais voir, plutôt qu'un taureau, c'est un étalon anglo-arabe qui trotterait devant nous, ne fût-ce que cinq minutes. Après quoi je m'estimerais heureux durant les siècles et les siècles.

— Moi, mon fox, se promenant à la campagne, en Seine-et-Marne, avec moi.

— Ah! avec vous?

Le bruit courut que les Ombres allaient bientôt voir leur corps tel qu'il avait été sur Terre, avec sa couleur d'autrefois, son poids exact.

— Tenez, je suis sûr qu'un de ces quatre matins on pourra me regarder quand j'allais à mon bureau et que je descendais les marches de la station du métro Châtelet.

— Et ce jour-là, pensait un autre, quand je courais et que sans la complaisance du chef de gare qui tarda un peu à siffler, je manquais certainement mon train pour Lisbonne.

On allait pouvoir s'inviter entre amis

à s'examiner tel qu'on avait été le jour
de son mariage ou bien quand on avait
reçu un télégramme annonçant la mort
de son père, ou un autre jour.

— Allons donc, vous n'allez pas nous
faire croire ça.

— Mais pourquoi pas? J'estime que
tout cela est fort possible. Ça ne peut
pas être toujours la même chose. Réflé-
chissez donc un petit peu, voyons.

— Tout ça pour une malheureuse
boîte en bois blanc!

— Mais c'est énorme! Pensez donc
aux milliards d'Ombres qui ont été pri-
vées jusqu'ici de la présence de tout
corps dur.

Mais aucun autre miracle ne se pro-
duisit et la boîte demeura des semaines
et des mois sur la place publique, entourée d'une garde de moins en moins nom-
breuse. Puis, elle resta toute seule.

A la suite de cette grande espérance
déçue, les Ombres commencèrent à s'éviter pour se cacher leur épouvantable
découragement. Jamais elles n'avaient
eu à souffrir ainsi de leur propre vide.

Elles s'en allaient solitaires, et le frère
évitait le frère; le mari, la femme;
l'amie, l'ami.

Charles Delsol ne savait pas depuis
combien de temps il était mort et
devenu au sens propre l'ombre de lui-
même. Il avait perdu de vue Marguerite Desrenaudes quelques jours avant
son décès et ignorait si elle était encore
vivante. Il se souvenait du jour où il
l'avait vue pour la première fois à la
bibliothèque de la Sorbonne. Assise en
face de lui. Un rapide regard, en coup
de pinceau, pour savoir qu'elle était
brune. Puis, après un quart d'heure de
travail (il faisait de la philosophie), un
autre regard pour connaître la vraie
couleur de ses yeux. Dix minutes de
travail et un dernier regard pour examiner les poignets et les mains de la
jeune fille. Et un peu de méditation pour
réunir ces divers fragments dans un
ensemble vivant.

Tous les jours il s'asseyait en face
d'elle et ne lui adressait pas la parole,
sa claudication le rendant fort timide.

Il partait toujours le premier, et rapide-
ment, malgré tout. Une fois elle se leva
pour aller chercher un livre. Elle boitait
aussi.

« Maintenant je vais avoir plus de courage », se dit tout d'abord Charles Delsol.

Puis cette idée lui sembla indigne de
lui et d'elle.

« Je lui parlerai encore moins
qu'avant », pensa-t-il.

Marguerite Desrenaudes était agacée
de sentir sur elle le regard de ce muet. Et
cet échange de boiteries qu'il avait l'air
de lui proposer !

Un jour du mois de mars, comme elle
avait ouvert la fenêtre toute grande,
elle entendit le voisin de Delsol lui dire
à voix basse :

— Mais si vous avez froid, vous n'avez
qu'à demander la permission de fermer
la fenêtre. C'est tout naturel, d'autant
plus que vous venez d'être malade.

— Oh ! moi, j'étouffe, c'est bien simple,
dit-il. Et il n'avait pas bougé.

Il s'était tout de même efforcé de
lutter contre le froid et avait commencé

par vouloir garder la chaleur encore en son pouvoir, en faisant quelques mouvements presque invisibles, raidissant les muscles de l'épaule ou des jambes ou se frottant la poitrine de la main passée sous son gilet. Mais l'étudiante avait levé sur lui un regard irrité comme s'il l'empêchait de travailler. Alors il s'était tenu tranquille et avait senti la mort même lui tâter les épaules, la poitrine, les jambes et le déclarer de bonne prise. Il n'avait même pas eu la force de se faire du feu en rentrant chez lui. Et il était mort trois jours après.

Après son arrivée là-haut, Charles Delsol s'était mis à poursuivre ses études à la bibliothèque de la Sorbonne, projetée en plein ciel.

Un jour il vit une Ombre assise en face de sa place habituelle et qui lui rappelait tout à fait la silhouette de Desrenaudes.

Il pensa : « C'est la même façon de tenir et d'ouvrir sa serviette avec une certaine brusquerie. Mais qu'est devenu son visage? Elle porte une petite cape

comme à Paris et pas plus que sur terre
ne s'inquiète de moi. Mais pourquoi
n'ouvre-t-elle plus jamais la fenêtre? »
Il oubliait que tout ce qu'il pensait se
voyait dans son âme transparente, et la
grise jeune fille, s'avançant, lui dit à la
façon silencieuse des morts :

— Dites-moi, monsieur, ce n'est pas
parce que je n'ai pas fermé la fenêtre ce
jour-là...

— Oh! non, j'ai été écrasé par un
taxi.

Et il se détourna pour cacher sa
pensée.

Quelques jours plus tard, ils sortaient
ensemble de la bibliothèque. Et leurs
camarades se disaient :

« Qu'ont-ils donc ces deux-là à marcher comme des amoureux; il faut être
boiteux pour avoir des idées pareilles!
Comme si cela servait à quelque chose,
ici. » Et bien que la très volumineuse
serviette de son amie fût plus légère que
la plus légère des plumes, Delsol propo-
sait de la lui porter. Et elle riait, mais,
lui, parlait très sérieusement.

Enfin, elle voulut bien la lui remettre tout en trouvant la chose un peu ridicule, surtout de la part d'un étudiant mort depuis un certain temps déjà et par conséquent comblé d'expérience.

Mais à peine eut-il pris la serviette qu'il la sentit prendre du poids sous son bras. Et une sorte de bien-être lui montait dans ce qui avait été ses mains. Le corps de Charles Delsol était encore gris, mais d'un gris luisant et presque lumineux, d'un gris rosé et pour ainsi dire rusé. Et il lui sembla que des mains lui naissaient, mais il se hâta de cacher sous ses vêtements d'ombre ces deux choses inquiétantes qui voulaient absolument avoir cinq doigts chacune.

— Je vous trouve étrange, aujourd'hui, pensa Marguerite Desrenaudes. Ne seriez-vous pas souffrant?

— Vous savez bien que c'est impossible.

Et comme il faisait le geste de protester, il sentit une vive douleur à son poignet, et voilà que la serviette s'échappa de ses mains et d'authentiques diction-

naires de Quicherat et de Goelzer en
sortirent avec tout leur poids, et leurs
feuilles numérotées.

Bouleversée, l'étudiante se mit à
battre des cils, de vrais cils de jeune fille
de la Terre. Et ses yeux étaient bleus
comme autrefois dans le reste du visage
encore déserté par la vie. Elle resta
immobile comme après un effort surhu-
main, puis très vite, voici venir le nez,
les lèvres, les joues, un peu plus rouges
que sur la Terre. Et loin d'être nue, elle
était habillée comme une jeune fille de
1919, année de sa mort.

Il faisait un petit froid sec et de belles
colonnes de vapeur sortaient du nez du
jeune homme et de la jeune fille bien res-
pirante.

Sans même s'inquiéter des quelques
Ombres qui se trouvaient près d'eux, ils
joignirent longuement leurs lèvres reve-
nues. Puis, mus par des forces nouvelles
et joyeuses, ils se dirigèrent vers la place
publique où se trouvait la boîte en bois
blanc. Nulle peine pour l'ouvrir. Il leur
suffit de soulever le couvercle de leurs

mains qui n'avaient rien perdu de leur
habileté d'autrefois. Ils trouvèrent plusieurs objets leur ayant appartenu sur
terre et surtout une carte du ciel, mer-
veilleusement claire et coloriée, qui les
invitait d'autant plus au voyage qu'elle
devenait vivante et s'emplissait d'exhor-
tations et de conseils à l'endroit où se
posait le regard des jeunes gens.

Rani

Bien que seul de son clan il eût été élevé dans une grande ville, on ne l'avait élu cacique que pour sa victoire dans l'épreuve du jeûne. Des concurrents qui, un à un, avaient abandonné la partie, Rani restait seul, le neuvième jour, allongé comme du bois sec, entre des peaux de bœufs.

Dès le début de l'épreuve, les temps avait pris pour lui l'apparence d'une grande horloge à six visages de jeunes filles disposés autour du cadran. C'étaient celles-là mêmes qui, toutes les quatre heures, lui apportaient de l'eau et des feuilles de coca qu'il suçait à peine, maintenant qu'il n'avait plus la force de mâcher. Mais il prolongeait

l'épreuve, espérant pouvoir atteindre
une fois encore le tour de Yara, sa
fiancée. D'un regard elle lui disait :
« Courage, il arrivera des choses mer-
veilleuses. »

Aux approches de la nuit il croyait
entendre le pas de cavaleries lointaines
toujours à la même distance, malgré
leurs efforts désespérés pour aller jusqu'à lui. Et les hautes figures du jeûne
entraient dans la tente avec leurs cor-
beilles de phosphore. L'une abaissait
doucement les paupières de l'Indien et
l'autre les lui relevait. Certaines s'empa-
raient de son foie, en exprimaient tout
le jus, ou introduisaient avec une minu-
tie de chirurgien des aiguilles de vide
dans ses reins. Puis, toutes se réunis-
saient en chuchotant pour faire passer
devant les yeux de Rani les faibles
passereaux de la mort.

Dans les premières heures de la
dixième nuit il vit, couché à son chevet,
et montrant ses gencives de sable, le
grand dromadaire du dernier sommeil,
qui, vingt fois de suite, tenta de se

dresser sur ses pattes déjà presque désincarnées. Alors, crainte de céder aux avances des bêtes qui attendent en nous et autour de nous leur tour de vivre à nos dépens, l'Indien, du bout de ses lèvres, dont l'une était blanche et l'autre déjà violette, fit signe qu'il consentait à interrompre le jeûne.

Le nouveau cacique, quelques jours après, alors qu'il était encore très affaibli, voulut aller au devant de Yara, qui se tenait près des feux du clan. Mais le vertige le fit tomber dans le foyer où il se brûla la face jusqu'à l'os. Tous baissaient maintenant la tête et s'écartaient lorsque passait ce visage à demi consumé et qui semblait flamber encore, tisonné par quel démon? Rani pensait que Yara se cachait aussi de lui quand il vit sa fiancée (mais l'était-elle encore) immobile devant sa tente et qui le regardait fixement. Sans défense contre un grand espoir il alla tout de suite chercher une charge de bois et la laissa rouler de ses épaules aux pieds de la jeune fille, en signe d'amour. Le bruit peureux et inter-

rogatif des deux dernières bûches, un
peu séparées des autres dans leur chute,
fit honte à l'Indien. Quand il releva la
tête, et les paupières restées intactes,
Yara avait disparu, et il l'entendit pous-
ser des cris d'épouvante comme si la
violait une troupe d'ennemis.

Le lendemain, les six membres du
Conseil des Anciens s'avancèrent vers le
Visage Brûlé et lui tournèrent simulta-
nément le dos pour lui annoncer par leur
attitude et leur silence qu'il ne pouvait
plus compter être leur cacique.

Des semaines durant, il se cacha dans
la forêt. Il s'intéressait aux plumes, aux
œufs des oiseaux, aux mousses et aux
fougères, à toutes ces choses délicates
qui ne s'effrayaient pas de sa présence
et ne changeaient pas de visage devant
lui. Œufs imitant la couleur de l'aurore,
plumes du nuage pommelé qui parcourt
le ciel comme un cheval, fougères de la
nuit noire et fraîche où il aurait voulu
un instant reposer son visage de ses
malheurs.

L'oiseau mort, les plumes continuent
à vivre de leur seul éclat, sans se laisser
entamer par la pourriture. Et, Rani les
aimait de ce qu'elles prenaient la défense
de l'orgueil et de l'espoir. Dans leurs
minces tuyaux cornés, dans leur duvet il
cherchait des paroles. Sûr de ne pas être
vu, il plaçait devant lui toute cette
légèreté, et des feuilles d'arbres rares, et
des pierres brillantes comme s'il eût fait
des réussites. Il se disait parfois : « Oh!
comme c'est ça, comme c'est justement
ce que je cherchais. »

Ou bien, fatigué par cette misère qui
croyait encore à la couleur et à la forme
des choses, dans la grande forêt sans
portes ni fenêtres, il considérait le ciel.
Comme un document très ancien et très
fragile et presque impossible à déchiffrer.
« Mais j'ai tout le temps; qui me presse? »
pensait-il.

Entendait-on là-haut, derrière ces
grosses ténèbres effarées, un petit miaule-
ment, ou le cœur d'un homme perdu
parmi les arbres? Comment connaître
sa route au ciel où il n'y a plus de droite

ni de gauche, d'avant ni d'après et rien
que de la profondeur. Sans autre guide,
sans autre appui que le vertige.

Que se proposait-il de découvrir dans
les cailloux de là-haut et de la terre?
Qu'est-ce qui lui donnait envie de s'ouvrir le ventre pour aller chercher une
réponse jusque dans le secret de son
corps?

« Serai-je moins hideux un jour? »

Oui, ce n'était que cette petite chose
qu'il aspirait à découvrir et il s'étonnait de ne pas l'avoir compris plus tôt.
Comme si ses mains ne l'eussent pas
assez renseigné quand il les passait et les
repassait sur son visage déchiré.

Et il se mit à aimer les serpents qui
dans leurs plis et leurs replis ne comptent
plus que sur eux-mêmes et tiennent toujours la mort prête dans leur bouche.

Rani voulut revoir son clan. Caché
dans la brousse il savait demeurer invisible, même à l'âme d'autrui, garder
pour soi tout ce qui de nos yeux et de

notre peau veut s'échapper pour avouer
que nous sommes là. Il regardait de son
trou noir d'herbes et de terre le foyer
allumé pour écarter les fauves et pensait : « C'est Guli-Ya qui a fait le feu
aujourd'hui. Je reconnais sa façon de le
préparer. Mais que m'importe? »

Voyant ses compagnons aller et venir
avant de se coucher pour la nuit :

« Que me voulez-vous, hommes
maigres ou gras, mamelles, ventres et
pieds dans ce qui fut mon clan? Pourquoi prenez-vous ces formes diverses
quand vous n'êtes plus que souvenirs
de vomissures? »

Et il volait ses anciens compagnons
pour faire des offrandes aux arbres et
aux pierres, à tout ce qui n'est pas souillé
par l'usage de la parole. Une nuit, le
visage entouré de lianes et de feuilles, il
pénétra dans la tente de Yara pour lui
ravir son miroir. Une autre nuit, ivre de
chicha, il voulut enivrer un arbre qu'il
aimait entre tous et finit par lui sacrifier
deux doigts de sa main qu'il coupa avec
ses dents.

Quand le sang eut fini de couler et que Rani commença à voir plus clair en lui :

« Je n'étais donc pas assez laid jusqu'ici. »

Et il regardait sa main mutilée et la comparait à l'autre qui maintenant lui paraissait très belle. Oubliant la défense qu'il s'était faite d'examiner, sur un miroir, où il en était, il se considéra longuement dans celui de Yara, à la faveur de quelques flammes décisives du foyer. Et il vit que son visage était tel qu'il l'avait laissé naguère dans les yeux épouvantés des hommes de son clan.

Rani ne se nourrissait plus que de racines. Une force étrangère, lente et cruelle s'emparait de lui. D'abord fluide, puis massive, elle prit possession de sa tête et de son corps, pour gagner jusqu'à ses orteils qu'il sentait devenir malfaisants.

C'était pire que le goût du carnage.

Levant sa droite où deux doigts manquaient, le Visage Brûlé vint se placer au milieu du clan et s'écria de sa voix restée claire, entre ses lèvres déchirées :

— Je suis revenu, allez-vous-en.

Autour de lui les Indiens s'immobilisèrent, et celui qui allait abattre un arbre se figea, la hache en l'air. Deux ou trois hommes pensèrent percer le cœur de Rani avec leurs flèches, mais, avant même de viser, leurs bras se vidèrent de toute volonté.

Les femmes et les filles du clan attirées malgré elles, se traînaient vers le Visage Brûlé, s'accrochaient à ses jambes qu'elles griffaient de désir et de désespoir. L'une qui pilait du maïs à la cuisine, arrivait, son mortier à la main, une autre quittait son compagnon pour s'avancer, dans un tremblement que l'on entendait de loin, vers ce visage qui atteignait les plus hautes branches de l'horrible. Tous les trois ou quatre pas elles s'agrippaient aux troncs d'arbres ou aux racines pour s'empêcher d'aller, mais rien n'y faisait. Yara perdue parmi les autres.

L'Indien répéta :

— Allez-vous-en!

Et chacun trouva alors la force de s'enfuir.

Rani restait parmi les tentes, les vivres, les flèches, tant d'objets qui peu à peu se sentaient changer de maître. Et parce que tout était bien ainsi le-Serpent-des-jours-qui-nous-restent-à-vivre, auprès de l'Indien, mille et mille fois solitaire, vint se lover.

*La jeune fille
à la voix de violon*

C'était une jeune fille comme une autre, avec des yeux peut-être un peu trop larges, mais si peu qu'on se demandait si on n'en avait pas vu souvent d'ainsi faits.

Dès l'enfance, elle avait compris, à une sorte d'intrigue autour d'elle, qu'on lui cachait quelque chose. Elle ignorait l'objet de ces chuchotements et ne s'en inquiétait guère, pensant qu'il en était toujours ainsi quand il y avait à la maison une petite fille.

Un jour, comme elle tombait d'un arbre, le cri qu'elle poussa lui apparut dans toute son étrangeté : inhumain et musical. Elle surveilla désormais sa voix et crut y reconnaître, glissant sous les

mots de tous les jours, des accents de
violon et même un mi bémol ou un fa
dièze, ou quelque autre impertinence...
Et quand il lui arrivait de parler elle
vous regardait avec simplicité comme
pour effacer cette impression bizarre.

Un garçon lui dit un jour :

— Fais donc marcher ton violon!

— Je n'en ai pas.

— Là, là, dit-il, en voulant fourrer sa
main dans la bouche de l'enfant.

Ce n'était pas une petite chose que
d'arriver chez les gens avec une voix de
violon, d'être invitée à un thé ou à un
déjeuner sur l'herbe et de porter toujours sur soi, dans la gorge, cette voix
étrangère, prête à sortir, même quand
elle disait : « Merci » ou « Il n'y a pas de
quoi ».

Et rien ne l'agaçait tant que si l'on
s'écriait :

— Mais quelle voix merveilleuse elle
a!

« Qu'est-ce qui se trame en moi-
même? pensait-elle. Ces accords inatten-
dus me révèlent beaucoup trop. Comme

si je me mettais à me déshabiller au milieu d'une conversation : " Et puis, voici mon corsage, et prenez aussi mes bas... Vous êtes heureux maintenant, je n'ai plus rien à moi! " »

Parce que rien ne lui plaisait tant que de ne pas se singulariser, elle gardait généralement le silence, et s'habillait avec quelle modestie, quelle neutralité, et toujours un large ruban tout à fait gris autour de sa gorge musicale.

« Après tout, on n'a pas besoin de parler », songeait-elle.

Même quand elle ne disait rien, on ne pouvait oublier que cette voix était là, prête à sortir. Une de ses camarades, à l'oreille fine, prétendait même qu'elle ne se taisait jamais complètement, que son silence cachait mal de sourds accords et même des mélodies assez claires : il suffisait d'un peu d'attention. Et si cela ravit certaines de ses amies, les autres en tirèrent de l'inquiétude, et pour elles-mêmes. Toutes finirent par la délaisser.

« Tout de même, si mon silence n'est plus à moi! »

Un chirurgien, ami de la famille, fut
appelé à examiner cette gorge, ces cordes
vocales. Sans doute faudrait-il opérer,
mais quoi?

Il se pencha sur cette bouche ouverte,
comme sur un puits hanté et s'abstint
d'intervenir.

« S'ils savaient d'où je viens! » se dit-
elle, un jour, en s'asseyant à la salle à
manger auprès de ses parents qui lui
reprochaient son retard. Ils ne se
doutent pas de ce que je viens de faire,
ce père à la longue figure, ni toi, mère,
moins irritable en apparence, mais qui
éclates tout d'un coup, en trois phrases
hérissées et venimeuses. Bonnes gens,
n'allez-vous pas me laisser tranquille
avec ces histoires de potage qui va être
tout froid? Il s'agit bien, aujourd'hui,
de quelques minutes de retard! »

Durant presque tout le repas, elle se
tut, mais il fallut bien répondre à une
question de son père.

Et les parents de se regarder avec

étonnement : la voix de leur fille était
devenue une voix comme les autres.

— Répète un peu, dit le père le plus
doucement possible, j'ai mal entendu.
Mais la jeune fille rougit et ne dit mot.

Après le repas, les parents se réunirent
dans leur chambre et le père prit la
parole :

— Mais si vraiment elle n'a plus cette
voix bizarre, il va falloir en informer la
famille. Et peut-être même donner une
petite fête entre intimes, sans dire bien
entendu la raison de cette réjouissance.

— Attends encore quelques jours.

— Sans doute, il faut au moins
attendre huit jours. Soyons prudents.

Le père décida de se faire lire le jour-
nal par sa fille, tous les matins. Il savou-
rait les inflexions de cette nouvelle voix
comme une gourmandise qui lui serait
venue d'un autre monde. N'aimait-il
pas aussi le petit vertige qu'il éprouvait
à l'idée que sa fille pourrait à nouveau se
mettre à parler comme naguère?

Un jour qu'elle lisait ainsi un long
article de politique étrangère, la jeune

fille — mais c'était une femme maintenant — s'aperçut à son tour que sa voix
ressemblait à celle de ses camarades.
Et elle ne put s'empêcher d'en vouloir à
son ami qui avait détruit en elle ces
accords singuliers :

« S'il m'avait vraiment aimée... », songeait-elle.

— Mais, qu'est-ce que tu as? Tu es en
larmes, dit le père. Si c'est à cause de ta
voix, il y aurait plutôt lieu de te réjouir,
mon enfant...

Les suites d'une course

Sir Rufus Flox, gentleman-rider, pourquoi aviez-vous donné votre nom à votre
cheval? Petit homme aux joues rouges
de bifteck saignant, qui donc vous avait
poussé à vouloir vous retrouver tout
entier dans cette longue bête grise qui
paraissait à peine toucher terre?

Mais c'est justement parce qu'elle
vous ressemblait si peu que vous aviez
pensé pouvoir mieux vous l'approprier,
vous l'annexer, en lui plantant votre
nom comme des banderilles de feu.

Et vous n'étiez pas de ces proprié-
taires qui n'approchent de leurs chevaux
qu'au pesage. Vous n'hésitiez pas, la nuit
qui précédait une course, à coucher dans
l'écurie, contre votre monture, à lui chu-
choter, avant qu'elle ne s'endormît, des

conseils précis pour le lendemain, dans
le trou velouté de ses très sensibles
oreilles.

Quelle joie de ne faire qu'un avec elle
sur la piste, aux yeux d'une foule immense, jockey à la casaque grise, d'un
gris chevalin parcouru de légers frissons
comme la robe même de votre monture.

Le Grand Prix des Amateurs à Auteuil, Sir Rufus l'avait couru en tête,
de bout en bout, et gagné de six lon-
gueurs, puis, la bête, emballée, avait
continué à galoper à toute allure descendant le boulevard Exelmans, lon-
geant le viaduc d'Auteuil, dont les en-
jambées semblaient à peine plus grandes
que celles du cheval. Et l'on put voir
les deux Sir Rufus se précipiter dans la
Seine, où le cavalier sentit son cheval
fondre sous lui. Le moment où disparurent même les oreilles! Et le jockey
sortit seul sur la berge opposée. Il ne
lui restait de la bête — du moins le
croyait-il — qu'une poignée de crins à
la main, et, à ses éperons, un peu de sang.

Le lendemain, comme le gentleman-rider déjeunait en ville, il fut stupéfait de voir, dans la glace de son taxi, qu'il avait les yeux mêmes de son cheval. Et il perçut une voix en lui :

— Eh bien, tu n'as pas honte d'aller tranquillement déjeuner en ville quand je ne suis plus grâce à toi qu'un cheval crevé au fond de la Seine? Tu m'as lâchement noyé parce que tu ne pouvais me maîtriser.

— Mais enfin, c'est toi qui m'as entraîné dans la Seine.

— Répète un peu pour voir.

— Pourquoi me parles-tu sur ce ton? dit timidement Sir Rufus-homme.

— Par mes grands yeux noirs! je jure que tu te souviendras de moi.

Avant de quitter le taxi, le gentleman-rider s'assura que ses yeux d'homme avaient repris entre ses cils leur place habituelle et, comme ce n'était pas un pleutre, il paya allégrement son chauffeur et sonna chez ses amis. Il faut dire qu'il comptait un peu sur ce déjeuner pour lui changer les idées.

Mais on ne l'avait invité que pour lui parler de la course. A table, trois dames et deux messieurs se penchaient sur lui jusqu'à faire craquer la table.

— Voyons, cher monsieur, dites-nous donc exactement ce qui s'est passé! Les journaux donnent les versions les plus différentes.

— Si vous voulez que nous restions bons amis, ne parlons plus de ça, dit le gentleman-rider. Au surplus, j'ai l'honneur de vous informer que je ne monterai plus jamais en course, ni autrement. Que les chevaux restent donc d'un côté et les hommes de l'autre!

Et il rit, tout à fait rassuré par la glace de la desserte où brillaient de malice ses petits yeux humains.

Ces paroles, et surtout l'accent avec lequel Sir Rufus les avait prononcées, parurent bizarres à tous les convives; on pensa pourtant qu'il n'y avait pas lieu d'insister pour des raisons qu'on n'aurait pu définir, mais qu'on s'accordait à trouver sérieuses. Ainsi parle-t-on d'autre chose chez un malade quand on se trouve en présence d'une forte fièvre dont on ignore la cause.

La fin du déjeuner fut très gaie. On avait complètement oublié le cheval quand, au moment où Sir Rufus remerciait la maîtresse de maison de son excellent accueil, et cela, avec une bonne grâce, un raffinement qui impressionnaient toujours, elle eut une crise de nerfs en voyant, plantée dans le dos de Sir Rufus, la queue gris-noir de sa monture, qui sur le veston faisait un intolérable bruit de crins et s'agitait joyeusement, dans un évident désir de prendre part à la conversation.

Sir Rufus Flox s'enfuit sans prendre congé des invités. Dans la rue, il se retrouva complètement homme. Et cela dura plusieurs jours. Puis, un dimanche, nauséeux et horriblement mélangé, il se sentit inhumain jusque dans son foie et sa rate. Pourtant le grand miroir à trois faces qu'il avait acheté récemment ne lui révéla rien de particulier.

Il sortit pour aller voir sa fiancée, une Américaine ni riche, ni pauvre, qu'il

avait fort aimée jusqu'alors. Mais ce
jour-là, chaque fois qu'il rencontrait une
jument, il ne pouvait s'empêcher de la
suivre des yeux, si bien que, renonçant
à sa visite, il préféra se rendre dans une
grande écurie. Il y avait là de douze à
quinze juments. Si la fiancée avait pu
être là aussi dans ce bel endroit si propre,
assise près de lui sur un tas de paille,
comme il lui aurait tenu les mains avec
joie au milieu de cette odeur chaude et
un peu piquante de l'écurie!

La journée suivante commença mal :
au lieu de sonner pour son petit déjeuner, il se mit à hennir la femme de
chambre et, quand elle arriva avec le
plateau, il lui demanda « un morceau
de susucre » en faisant mille grâces et
gentillesses, comme eût fait un cheval
savant — et cela bien que tout le
sucrier fût à sa disposition.

Dans la rue il évitait consciencieuse-
ment les trottoirs, prenait un plaisir
suspect à glisser entre les autos.

« Que le monde devient donc chevalin,
depuis quelque temps! » pensa-t-il. Il

espérait se persuader ainsi que tous les passants lui ressemblaient.

Un énorme désir d'avouer, et à tue-tête, s'empara de Sir Rufus. Il fallait absolument qu'il racontât à sa fiancée tout ce qu'il éprouvait.

— Vous avez envie de devenir cheval? dit l'Américaine. En voilà une affaire! Pourquoi vous retenir? Il ne faut pas contrarier sa nature. C'est cette gêne qui vous rend malade. Devenez cheval une bonne fois, nous n'en irons pas moins nous promener au Bois, comme par le passé. Mais je serai en amazone pour parer à tout. Venez que je vous embrasse les naseaux, dit-elle, riant et lui sautant au cou. Et à demain, dans l'allée du Ranelagh.

Comme plus rien ne l'en empêchait maintenant, c'est dans la nuit même que Sir Rufus devint cheval. Un peu avant l'aube, il descendit l'escalier sans faire trop de bruit et, en bas, appuya très joliment la tête sur le bouton de la porte. Mais un cheval, sans selle ni licol, dans la rue, est aussi suspect que le serait

un homme tout nu. Et où aller? Il
était beaucoup trop tôt pour son rendez-
vous. Toute la nuit, comme un malfai-
teur, il évita les agents et même les
passants, toujours si sots qu'ils n'auraient pu voir un cheval en liberté sans
appeler la police.

Il réussit à gagner le Bois où il se
disposa à manger de l'herbe. Il y avait
longtemps qu'il désirait en connaître le
goût. L'occasion était bonne.

« Au fond, je suis bien plus tranquille
maintenant, pensait-il. Qu'est-ce que je
crains? »

Une fourmi s'approcha de lui et
grimpa sur ses jambes.

« Elle ne se gêne pas plus que si
j'étais un homme. »

Une biche vint le regarder de tout près.

« Si elle savait! Mais j'aime mieux ne
rien lui dire. Et comment se faire
comprendre d'une biche quand on n'est
même pas sûr d'être un cheval! »

La biche le regardait avec coquetterie,
puis elle le renifla. Le prenait-elle pour
un cerf? Mais non, elle semblait plutôt

se méfier. Les animaux se reniflent-ils
entre eux pour bien s'assurer qu'ils
n'ont point affaire à un homme?

La biche s'éloigna à reculons.

Enfin l'Américaine parut dans l'allée
du Ranelagh et, tout de même, sa surprise fut grande de voir son fiancé
devenu un cheval si accompli.

Un garde du Bois passa non loin de
là et le cheval se dit : « Allons, il va
falloir ruer! »

Mais le garde ne l'avait point aperçu.

Un pauvre homme s'avançait sans
chemise sous quelques restes de veston :
il tenait une corde sous le bras et cherchait, on le voyait bien, un arbre pour
se pendre.

Le cheval hennit dans la direction
de la corde pour attirer l'attention de la
jeune femme.

— Où allez-vous, brave homme, dit-
elle, avec cette corde?

— Est-ce que ça vous regarde? ré-
pondit le vagabond, soudain en colère.

— Évidemment non, mais je pensais
que peut-être..., dit-elle de sa voix la
plus douce.

— Eh bien, vous aviez tort de penser que peut-être... Laissez-moi chercher mon arbre.

— Il ne faut pas faire ça, cher monsieur, dit la jeune femme, pour donner confiance à l'inconnu. Je vous achète votre corde.

— Il faudrait la payer bien cher et vous seriez volée, madame, elle ne porte pas encore bonheur.

L'homme semblait plus misérable que jamais, avec cette espèce de sourire qui essayait maintenant de se glisser dans sa barbe impénétrable.

Quelques instants après, femme, cheval, corde, homme échappé à la pendaison, se dirigeaient vers une écurie de la Porte Dauphine. L'homme tenait le cheval par la corde qui s'était mise à lui réchauffer agréablement la paume de la main.

Sir Rufus n'eut pas de peine à devenir cheval de trait. Il promenait régulièrement sa fiancée et les jours coulaient pour eux avec nonchalance.

— Au Bois, mon ami, lui disait-elle, comme si elle se fût adressée à son cocher. Tu seras gentil de prendre par l'avenue Bugeaud. Il faudra que je m'arrête chez le teinturier. Je n'en ai pas pour longtemps. Puis nous ferons le tour de Longchamp et tu rentreras par les Acacias.

Et elle montait en voiture sans s'inquiéter davantage de la route.

Un jour l'Américaine ne fut plus seule dans le tilbury. Son jeune compagnon avait une façon très humiliante d'offrir au cheval des bouts de pain tirés de sa poche et revêtus de grains de tabac.

L'intrus était de toutes les promenades. Fort occupé à écouter la conversation des jeunes gens, le cheval en oubliait de lever les pattes de devant. Il voyait bien, pourtant, que ce jeune homme n'était qu'un camarade sans importance, qu'on promène au Bois, et puis c'est tout.

Un jour, dans un tournant, comme Sir Rufus se jetait maladroitement sur

un trottoir, il entendit le garçon dire
avec colère :

— Non, mais a-t-on jamais vu un
cocu pareil! Tu as raison, nous allons le
faire châtrer à la première occasion. Il
en sait beaucoup trop sur nous deux,
avec ses oreilles soupçonneuses qui ne
perdent pas un mot de ce que nous disons.

A ces mots, le cheval renverse un
arbuste, lance le couple contre un pla-
tane, et les voilà maintenant, le garçon,
le crâne défoncé, la jeune fille, éparpillée
dans l'herbe à quelques mètres de son
ami, qu'elle désigne, dans la mort, d'un
index charmant et encore amoureux.

Sir Rufus redevenu homme, dans un
complet gris, absolument neuf et semblable à la robe du cheval, immobile
sous le collier et l'attelle de son harna-
chement, regardait le drame entre les
brancards. Il essaya d'enlever le mors et
la gourmette, mais empêtré dans les
courroies et les guides, ce n'était vraiment pas facile, d'autant plus que ses
gestes étaient encore un peu chevalins
et que.

La piste et la mare

Sur la piste, au centre du désert pampéen, un homme s'avance seul, à pied, portant deux sacoches en bandoulière et, à la main, une mallette. Malgré l'immensité du paysage qui brouille un peu ses traits, on reconnaît son type oriental et qu'il a dû quitter depuis peu son pays : parfois il tourne la tête, comme suivi. Sa petite pipe volontaire l'entoure d'une intimité ambulante, à l'instable architecture.

On lui a parlé d'une ferme à plusieurs lieues de là et, depuis le matin, il va vers l'horizon sans regard. A ses pieds les innombrables foulées de la route : il reconnaît le passage des moutons, des bœufs, des chevaux, un désert de foulées, un monde immobile et fruit du

mouvement, plein d'une torpeur pos-
thume.

Ainsi, de rancho en rancho, voyage-
t-il depuis plusieurs jours. La nuit, il
couche où il y a de la place pour que
s'allonge le corps d'un étranger qui a
marché tout le jour. Et quand il ne dort
point, les oiseaux chargés de veiller sur
le sommeil de la Terre, les chouettes et
les hiboux, d'autres encore que nous
ignorerons toujours parce qu'ils nichent
dans les airs, lui sonnent les heures avec
l'assentiment de la Lune.

A la ferme de San Tiburcio où
va l'homme, c'est la tonte des brebis
dans un hangar. Les paupières des bêtes
se ferment sous la froide haleine des
ciseaux, qui précipitent leur course le
long des ventres laineux, comme s'ils
allaient emporter en passant les mamelles délicates. Une bête renifle sans
cesse un reste de toison que le hasard
lui a placé sous le museau. Tous les yeux
des brebis semblent de verre et inter-
changeables, comme l'angoisse de leurs
corps sous pression.

Le Turc ambulant continue sa route. Dans les ténèbres de sa ceinture il est cinq heures à sa montre de nickel toute chaude du voyage, mais il est bien plus tard dans son esprit : il se presse, comme s'il était attendu depuis un moment et qu'on eût déjà avancé une chaise pour lui, au milieu de la pièce.

La tonte se poursuit dans le hangar de San Tiburcio.

Juan Pecho, cet homme accroupi, à votre gauche, doit être le patron. Son couteau à la ceinture, sous le veston soulevé par le travail, est plus long que celui des péons. Grand, gros, il tond lourdement : une énorme paresse flâne partout dans son corps, lui fait des confidences, même quand il feint de travailler. Installée dès le réveil elle ne le quitte que la nuit, pour aller faire un tour, quand il s'endort et que Pecho n'en a vraiment plus besoin. Un bout de mégot décoloré à sa lèvre inférieure y semble collé depuis cinq ou six ans.

Il tond mal et distraitement. De temps
à autre des injures s'égarent dans les
poils de sa barbe clairsemée.

Les brebis qui ont affaire à lui
n'oublient pas l'ombre lourde sur elles
de tout ce corps penché, ces taillades et
ce souffle de bœuf. Il aimerait mieux les
égorger. C'est plus rapide et le sang
n'est-il pas la seule distraction de la
pampa pour un gaucho fidèle à sa
fiancée?

Les premiers abois des chiens viennent
loger dans l'oreille du Turc. Jusque-là,
pendant des heures, il n'avait été un
homme que pour le vent de la pampa, et
encore un drôle d'homme puisqu'il allait
à pied dans un pays où chacun s'avance
à cheval. Juan Pecho et les enfants l'ont
vu. On lui donne une patrie, des sentiments, un caractère.

C'est le vendeur de pacotille de qui
l'on aime déjà les boîtes. Hommes,
femmes, enfants, dans le monde entier,
aiment les boîtes. C'est un besoin de la
planète; un des lieux où se forme, se
cache et ruse la destinée.

L'occasion semble trop bonne à Juan
Pecho qui se lève et monte sur son cheval
toujours sellé près de lui, non par crainte
de faire attendre l'avenir, mais jamais il
n'a fait à pied quinze pas de suite.

Roulant une cigarette il se dirige vers
l'inconnu.

— *Buenas tardes*, voulez-vous voir les
marchandises d'un commerçant de passage et à vos ordres? essaya de dire le
Turc en espagnol. Je représente pour la
République Argentine plusieurs grosses
maisons étrangères.

— Vous représentez? dit le fermier
dans un mauvais sourire en regardant
les sacoches de l'homme.

Le Turc baisse les yeux sur son mensonge. La faim, le grand air l'ont rendu
inventif.

— Suivez-moi, dit Pecho tournant
bride.

Il se demande s'il va conduire l'étranger près du hangar ou du côté de la
cuisine. La présence de sa sœur Florisbela, grave et large à la porte du rancho,
le décide.

— Voici un Turc qui va coucher ici.
Nous verrons après le dîner ce qu'il
apporte, mais d'ici là qu'il ne montre
rien.

Puis à voix basse :

— Attention, il a les mains longues.

Le marchand demande de l'eau à
Florisbela et disparaît derrière des char-
dons.

Il revient lavé, brossé, parfumé et
s'assoit sur un escabeau face au cou-
chant, non loin de Florisbela qui prend
du maté.

Tous deux sont là sans mot dire,
intimidés par le soir descendant. Les
étoiles étourdies encore par la lumière
du jour font les aveugles. Les brebis
que les travaux de la tonte ont séparées
des agneaux, les cherchent dans les
enclos du crépuscule et, de la terre au
ciel, ce n'est plus qu'un seul bêlement
piqué d'étoiles et de lucioles.

Le Turc commençait à sentir sa
fatigue. Une pensée, flèche perdue, par
qui lancée? lui traversa l'esprit. Et il
s'assura que son revolver se trouvait

dans sa poche. Justement on entendait
la voix de Juan Pecho. Il revenait vers
le rancho, suivi des trois enfants de
Florisbela dont l'aîné, Horacio, avait
douze ans, un visage d'homme et boitait
durement. Des chiens encadraient le
petit groupe.

— Non! Non! disait le fermier d'une
voix basse à la dérive. Après le dîner
seulement! Le Turc installera ses affaires
sur la table et nous aurons tout le temps
de regarder.

Florisbela approuva. Le marchand eût
voulu faire de même tout de suite, mais,
n'entendant pas bien l'espagnol, il ne
comprit le sens de cette phrase qu'au
bout de quelques secondes après en avoir
confronté secrètement les mots dans le
fond de son oreille.

Tout le monde entra dans la vaste
pièce qui servait de cuisine et de salle à
manger.

— Ici, dit Juan Pecho à l'étranger en
lui assignant une place dans un coin.

Un à un les huit chiens bâtards de
l'estancia vinrent flairer l'intrus et ten-

tèrent de lever leurs pattes de derrière
sur ses bagages. Mais il les en empêcha
avec des gestes déférents.

Dans le rancho on parlait à voix
basse; Florisbela et son vieux père,
gaucho, barbu de blanc, à l'air extraordinairement distingué, désiraient per-
mettre au Turc de s'asseoir à la table
familiale et les enfants chuchotaient
tous : « Oui! oui! oui! oui! »

— Il mangera dans ce coin, sur ses
genoux, souffla violemment Juan Pecho.

Et il pensait : « C'est déjà bien beau
que je l'aie laissé entrer chez moi, ce
gringo, cet ambulant qui ne tient encore
à la terre que par un coup de veine, ce
fantôme qui pour se donner de l'importance demande dès son arrivée de l'eau
pour faire sa toilette. Et il s'est même
lavé les pieds au grand air comme s'il ne
fallait pas garder ces choses-là pour soi. »

Juan Pecho avait suivi, du hangar, les
mouvements du Turc et vu sa serviette
à raies rouges durant qu'il s'essuyait aux
derniers rayons du soleil.

La viande cuite, le fermier et les siens

s'assirent à table, et dans un coin, le
Turc aux pieds propres, osseux et tristes.
(Quand le visage est obligé de sourire
pour des besoins professionnels, il faut
bien que notre humaine tristesse se
réfugie quelque part.)

Sous l'odeur de la viande grillée
l'étranger convint en lui-même que cette
vie nomade lui plaisait et retrouva, en
même temps que son nom : Ali ben
Salem, l'amour de ses parents et de sa
patrie, d'autres vertus moins précises et
l'essentiel de sa biographie.

La fatigue de ses jambes et de ses
reins qui allait s'idéalisant lui tenait
compagnie.

A la table présidée par Juan Pecho on
voulait paraître sûr de son toit et du
lendemain, à cause du vagabond. On se
servait ostensiblement des fourchettes
parce qu'il n'avait que son couteau et
coupait sa viande au ras des lèvres. De
leur place, les enfants de Florisbela ne
cessaient de regarder les mâchoires du
Turc.

Après le dîner, et les cinq minutes de

silence qui le suivirent, Juan Pecho, qui
ne voulait pas sembler pressé, dit enfin :

— Voyons.

Les enfants se hâtèrent d'aller chercher les péons et bientôt, avec eux,
autour des ichesses du marchand, se
tinrent le vieux père de Florisbela,
celle-ci et Pecho, tous debout, immobiles, sévères comme le désert.

Sur la table, dans de petites
boîtes en carton, un métal doré, crédule
(broches, bracelets, boucles d'oreilles,
porte-bonheur) souriait parallèlement
aux lèvres d'Ali ben Salem et de conni-
vence avec elles. La concentration miné-
rale des spectateurs, s'humanisant enfin,
livra passage à quelques gestes.

Cette dorure lentement s'installait en
eux, tapissait leurs âmes. A droite et à
gauche furent disposés toutes sortes
d'objets de toilette, de mercerie et par-
fumerie aux couleurs neuves, qui for-
maient sur la table une sorte de prin-
temps urbain et accidenté.

— On peut toucher, dit le Turc.

Alors on vit les mains brunes des

paysans s'avancer comme des carpes autour d'un morceau de pain.

Juan Pecho ne disait rien encore, bien que de rapides regards se tournassent souvent vers lui.

Alors que sa barbe faisait plus nonchalamment que jamais le tour de son visage, il ouvrit une boîte enfermant un rasoir mécanique et dans le silence général s'en fit expliquer le maniement. Il pensa qu'il lui importait d'arriver le dimanche suivant, rasé de près, chez Esther Llanos, sa promise.

— Combien ce rasoir?

— Trois petites piastres. C'est comme de la soie.

— Trois piastres! J'en donne une, dit Pecho d'une voix rugueuse.

Plein de douceur, le Turc répétait : « Je ne peux pas, je ne peux pas », à travers cent sourires, se détruisant les uns les autres, et qui sait si sous sa chemise sa poitrine broussailleuse ne faisait pas l'aimable aussi, à sa façon.

Le regard noué au rasoir, le fermier pensait : « Trois piastres, le prix d'un

mouton avec sa laine pour ce bout de
métal luisant! » Cependant Florisbela,
le vieillard, les péons, achetaient des
objets et l'on vit des pièces d'argent
changer de poche, à la lumière de la
lampe qui ne broncha point.

colère   La muette colère de Juan Pecho
commença d'empoisonner l'air.

Les péons s'éloignèrent de la pièce.
Assis sur leurs grabats, ils attendirent.

Le Turc emballa ses affaires, sauf le
rasoir qu'il sentait lui échapper sous le
violent désir du fermier.

Le vieillard qui n'avait dit mot, la
femme, les enfants, tous, dans une immo-
bilité mortelle.

— Qu'avez-vous donc à me regarder!
éclata le maître.

Un bruit de chaises remuées. Des
faces devinrent des dos qui disparurent
un à un par la porte ouverte sur la nuit
noire.

Il ne reste plus dans la pièce que Juan
Pecho, le rasoir et le Turc.

Le créole se demande s'il ne va pas
chasser le marchand, mais il lui faudrait

donner des raisons ou, tout au moins, assembler des paroles... Il juge plus commode de faire un pas en arrière et de planter son couteau dans la nuque qui se trouve devant lui.

Le Turc tombe la tête en avant, les bras allongés comme pour ne pas se faire de mal en s'effondrant tout d'un coup dans la mort.

Un chien entre, esprit de la nuit, chargé d'une mission; il hume le corps, constate le décès et sort, écrasant son ombre.

Pecho saisit le rasoir et, ouvrant la mallette, y choisit un savon, puis ferme la porte, éteint la lampe pour effacer les traces de sang.

Dans la pièce voisine, il se rase avec soin, s'étonnant de ce nouveau visage, que le miroir lui façonne comme d'un parent presque oublié qui vient de traverser les mers. De temps à autre il se retourne vers la porte derrière quoi le cadavre prend déjà toutes ses dispositions pour le voyage immobile. Quand il a fini, il approche du corps. Le veston

déboutonné laisse voir une large ceinture de cuir neuf. Juan Pecho fronce
soudain les sourcils : il est de son devoir
d'en examiner le contenu. La boucle
défaite, un bruit d'or roule confusément,
sonnerie d'un réveil mal étouffé sous des
couvertures. Pecho compte sur la table
vingt livres sterling. Cette présence lui
déplaît fort : il n'a pas tué pour ça, il
n'est pas un voleur. Les objets divers
qui se trouvent dans le bagage du Turc
ne comptent pas : un amusement pour
les yeux et les mains, de l'usage externe.

Il ne veut pas de ces pièces, de ces
intermédiaires entre le défunt et des
inconnus, lesquels commencent peut-
être à s'interroger dans la nuit, à bouger
dans leur lit, allumer la lampe, regarder
l'heure, comprendre que, quelque part
dans le monde, se passe quelque chose
de grave et qu'il leur faut aller aux nouvelles.

Une idée lui vient : avec cet or il fera
une bonne action.

Une à une, il glisse les livres sterling
dans la tirelire de son neveu, l'infirme.

L'or purifié coule maintenant du côté des anges.

Il laisse dans la poche du Turc l'argent qui provient des achats de Florisbela et des péons. La conscience délivrée, il regarde les mallettes et les sacoches avec une morne sympathie. Puis il les vide entièrement sur la table, fait plusieurs tas.

« Pour ma très chère sœur Florisbela », écrit-il sur un bout de papier, de sa main maladroite.

« Pour l'espiègle Mariquita. »

« Pour mon petit neveu Juan Albertito. »

« Pour mon père estimé. »

« Pour Juan Pecho. »

Une longue courroie de cuir attachée au cou du Turc et voici Pecho à cheval, traversant la nuit pudique qui s'écarte sur son passage. Il va jeter le corps dans une mare toute proche. Deux canards sauvages s'envolent vers la Croix du Sud.

Il n'a pas oublié la pierre autour du

cou attachée. Juan Pecho rentre dans le
rancho. Du sommeil, où il plonge aussitôt, ne le font sortir qu'à l'aurore les
oiseaux picorant son dernier cauchemar.

Glacé comme s'il avait dormi au fond
de l'eau, il regarde le soleil se lever sur
la mare et veut se convaincre que le
Turc s'y est noyé.

« Alors j'ai partagé entre nous ses
affaires plutôt que de les jeter à l'eau où
nul n'en aurait profité.

« Et j'ai très bien fait. »

Florisbela avait entendu tomber le
corps. Elle jeta sur le sol maculé du
rancho un peu de la terre qui avait passé
la nuit sous le ciel. Puis, le dos tourné,
elle se mit à prier.

Lentement, Juan Pecho s'étonnait de
ne pas voir les péons se diriger vers le
hangar. Sans même se faire payer le
salaire de la tonte, ils étaient partis tous
trois avant l'aube.

Quatre jours après, Florisbela s'approcha de son frère et lui dit à l'oreille :

— Il flotte.

L'homme bondit comme s'il lui fallait une seconde fois tuer le Turc.

Le ventre énorme, la tête rejetée en arrière, prétentieux et livide, le Turc flottait.

Une autre pierre plus grosse autour du cou, et surtout un grand coup de couteau dans le ventre à cause des gaz, et l'Oriental repartait pour d'invisibles aventures.

Ce fut en rentrant dans le rancho que Pecho remarqua pour la première fois depuis le crime, que traînaient à terre des brosses à dents, peignes, épingles à cheveux, savons, étoffes, dés à coudre, de la bijouterie et des boîtes de cirage.

— Allez-vous me ramasser tout ça, cria-t-il à ses neveux. Espèces de petits assassins!

— Va voir s'il flotte, dit Horacio à Mariquita.

— C'est à toi.

— J'y suis allé tout à l'heure. Vas-y maintenant.

On avait dû établir un tour de visite à

la mare. Huit jours passèrent sans que
Ali ben Salem eût fait de nouvelle incur-
sion à la surface du globe.

Le neuvième, deux agents de la
police montée se présentaient à la porte
du rancho. Calmes et maigres, leur
moustache tombante semblait postiche;
l'identité de leur mission leur donnait
une horrible ressemblance.

— Allons, mon ami, dit le brigadier
qui tenait les menottes.

En passant devant la mare dans le
break du commissaire, Juan Pecho vit
que le Turc n'avait pas flotté. D'où
venait alors que la police?... La dénon-
ciation n'émanait certainement pas des
péons, trop fiers pour accuser un homme
chez qui ils avaient travaillé, ni de Florisbela, ni des autres habitants du rancho.

Et lorsque le commissaire eut demandé au créole si personne n'avait vu
commettre le crime, il se souvint tout
d'un coup :

— Si, Señor, un chien.

Cet ouvrage a été composé
et achevé d'imprimer par l'Imprimerie Floch
à Mayenne le 29 mai 1989.
Dépôt légal : mai 1989.
1ᵉʳ dépôt légal dans la même collection : novembre 1972.
Numéro d'imprimeur : 28028.

ISBN 2-07-036252-3 / Imprimé en France.

46512